Darius James schreibt in diesem Buch über die Unsprünge der amerikanischen Popkultur. In seinen Geschichten und Interviews geht es um Unterdrückung und Selbstbewusstsein, es geht um Film und Musik, um Jazz und R'n'B, um Rezepte, Drogen, die USA und Europa, um Politik und um Sex und vor allem geht es um Voodoo. Ein Grossteil der hier versammelten Storys und Aufsätze wird zum ersten Mal veröffentlicht.
Darius James lebte in New York, bevor er Ende der Neunziger Jahre nach Berlin zog. Er publizierte zahlreiche Essays und Artikel zu Film, Musik und afroamerikanischer Kultur und die richtungsweisenden Bücher „Negrophobia" und „That's Blaxplotiation". Diesem Band „Voodoo Stew" wird 2003 ein zweiter Band mit Artikeln und Storys folgen.

Darius James
Voodoo Stew

Deutsch / English

Übersetzt von Claudia Basrawi

Erste Auflage
Verbrecher Verlag Berlin 2002
www.verbrecherei.de

Übersetzung: Claudia Basrawi
Titelzeichnung: Marc Brandenburg
Gestaltung: Sarah Lamparter
Druck: Dressler, Berlin
Printed in Germany

ISBN: 3-935843-15-1

Der Verlag dankt Connie Lösch, Verena Sarah Diehl und Martin Schlögl

INHALT / CONTENT

INTRODUCTION

I'm writing this introduction under deadline. I promised Jörg[1] he would have it later this afternoon. I was going to write it yesterday but I cleaned my apartment instead (or at least I tried to clean my apartment). Why have I been procrastinating? I could say I don't know what to say about my own writing. And if I wrote about my own writing this means I failed to say what I needed to say in the first place. I could say that. But I won't because I don't believe that. I have a lot to say about what and why I write. I procrastinate because I'm lazy and easily distracted, especially if those distractions involve alcohol, drugs or sex. Many writers I know, particularly pop culture journalists, are great procrastinators. One old-school HipHop journalist I know spends the time he should be slaving away at his laptop in the titty-bars up in Harlem. By the drop-dead date, however, with his head inflated by pot smoke, and some cocoa-hued floozie's g-string dangling from the gap between his nicotine-stained teeth, he gets his work done. And he works a lot. The impetus to action is always money. Wave a fistful of dollars before my eyes and I work my ass off.

The other reason why I've procrastinated in writing the introduction to this book is that, uh, I don't actually remember

[1] Sundermeier. He is the founding co-publisher of Verbrecher Verlag along with Werner Labisch and Verena Sarah Diehl. Jörg says he likes to watch Werner dance naked. Werner absolutely refuses to wear the skirt strung together with bunches of bananas.

EINLEITUNG

Diese Einleitung schreibe ich unter Zeitdruck. Ich habe Jörg[1] versprochen, dass er sie heute Nachmittag hat. Eigentlich wollte ich schon gestern daran arbeiten, aber stattdessen fing ich an, meine Wohnung zu putzen (zumindest war es der Versuch meine Wohnung zu putzen). Warum habe ich die Sache so von mir her geschoben? Ich könnte behaupten, dass ich nicht weiß, was ich über meine eigenen Texte sagen soll. Und wenn es notwendig wäre, etwas über meine eigenen Texte zu schreiben, würde das doch bedeuten, dass ich es in den Texten selbst nicht geschafft habe. Das könnte ich sagen. Aber ich werde es nicht tun, weil ich nicht so denke. Ich kann eine Menge über meine Arbeit erzählen, warum und über was ich schreibe. Ich schiebe Dinge vor mir her, weil ich faul bin und leicht abzulenken, besonders dann, wenn die Ablenkung mit Alkohol, Drogen oder Sex zu tun hat. Viele Autoren, die ich kenne, besonders Pop-Kultur-Journalisten sind groß, wenn es ums Aufschieben geht. Ein mir bekannter old-school HipHop-Journalist, verbringt die Zeit, in der er eigentlich an seinen Laptop gekettet sein sollte, in den Titten-Bars oben in Harlem. Kurz vor drop-dead, den Kopf aufgepumpt mit Haschqualm, den Tanga-Slip irgendeines schokoladenbraunen

[1] Sundermeier. Er ist der Mitbegründer des Verbrecher Verlages zusammen mit Werner Labisch und Verena Sarah Diehl. Jörg würde Werner gern nackt tanzen sehen. Werner lehnt es jedoch strikt ab, ein Bananenröckchen zu tragen.

what's in here. I mean which set of pieces. Originally, this was going to be one book but for reasons that should be apparent to anyone familiar with the no-budget strategies of tiny German-Marxist publishing houses trying to survive in today's decidedly non-Marxist Global-Corporate economy this book is now two. So I don't remember what pieces are going into Voodoo Stew I and what is going into Voodoo Stew II. I know that an unpublished essay I wrote for a big and expensive coffee-table book titled "What I'd Say?: The Story of Atlantic Records" is in here and I could give you some background on that piece.

Basically, this guy in Britain called me up and said he was putting together a book on black music. He had the usual suspects contributing essays – Nat Hentoff, Greil Marcus, Robert Chrisagu, etc. – when he suddenly realized *I don't have any black writers writing about black music!* Then he offered me A LOT of money. More money than I had ever been paid in my life for a five-thousand word essay. And he assured me I could write whatever I wanted about Atlantic. This wasn't going to be a corporate blowjob! "I want your essay to be as real as the music!" Ha!

Anyway, I committed myself more to the project than I should have. I ended up spending six-to-eight hours a day interviewing Ahmet Eretgun – who suckered me with a sob story about how Europeans treated him like a nigger in the Swiss boarding schools he attended, and that's why he could relate to the music of black people. Now, as most high-profile figures are full of shit when giving interviews to the media (given that the media is full of shit), the thing about Eretgun is this – his father was the Turkish ambassador to the United

Flittchens zwischen den nikotingelben Zähnen, schafft er doch noch seine Arbeit. Und er arbeitet viel. Die Triebkraft ist immer Geld. Wedel mit einem Dollarbündel vor meinen Augen und ich reiß mir den Arsch auf.

Es gibt noch einen Grund, warum ich das mit der Einleitung so vor mir hergeschoben habe, uh, ich weiß nicht mehr genau was in diesem Buch erscheinen wird. Ich meine, welche Texte genau. Zuerst sollte nur ein Buch gemacht werden, doch aus Gründen, die jeder verstehen kann, der sich mit den no-budget Strategien kleiner deutscher-marxistischer Verlagshäuser auskennt, die in unserer heutigen entschieden nichtmarxistischen globalen-Unternehmenswelt überleben wollen, wird es nun zwei Bücher geben. Ich weiß also nicht mehr genau, welche Texte in Voodoo Stew I und welche in Voodoo Stew II sein werden. Ich weiß, dass ein unveröffentlichtes Essay, das ich für ein großes und teures Coffee-Table-Buch mit dem Titel „What I'd Say?: The Story of Atlantic Records" geschrieben habe, in Voodoo Stew I sein wird und darüber könnte ich etwas erzählen.

Im Grunde fing es so an, dass dieser Typ mich aus England anrief und sagte, dass er ein Buch über schwarze Musik herausbringen will. Die üblichen Verdächtigen waren bereits mit von der Partie – Nat Henhoff, Greil Marcus, Robert Chrisagu, etc. – plötzlich stellte der Typ fest – „Ich habe ja gar keine schwarzen Autoren, die über schwarze Musik schreiben!" Und dann hat er mir VIEL Geld angeboten. So viel Geld hatte ich in meinem ganzen Leben nicht für ein Fünftausend-Wörter-Essay bekommen. Und er versicherte mir, dass ich über Atlantic schreiben könne, was immer ich

States under Mustafa Kemal Atatürk. And had I known about the genocide of Armenians in Turkey in 1915 (whuddaya want? I'm an American. Everybody in the world knows we're stupid!), I would have without question asked what his rich and politically well-connected family had to do with that. Otherwise, I thought Ahmet was a gracious cat (although Dr. John might have other words to describe him). In the end, however, I had a falling out with the Brit guy over the relationship of black-faced minstrel shows and to Country and Western music and the piece wasn't included in the final version of the book. But what the hell. I got paid, spent a month in some drizzly "Stray-Dogs" type English village and hung out in Cannes for a week. And it also lead to the break-up of my marriage. So it was a good thing.

What else is in here? *Little Richard?* I'm not sure. It might be in the second volume. But I will tell you this. I once had dinner with Ike Turner and I told him I had interviewed Little Richard. And his response was:

"Which Little Richard did you get? The real Little Richard? Or that phony preacher act?"[2]

Jesus, I really can't remember what's in the book. I could tell you about my life in Berlin. But what's there to say about that? I'm completely broke and I have great friends. My best friend is Claudia. She did the great translation on this book. She really captured the rhythm and flavors of my language. It was no easy task, considering how I like to twist American

[2] Ike's a funny guy. I asked him how it felt to be the most unpopular black man in America and he replied: „Thank God for O.J.!"

wollte. Ich müsste dafür niemandem die Füße lecken. „Ich will, dass dein Essay so echt wird wie die Musik!" Ha!

Jedenfalls, hab ich mehr für dieses Projekt getan, als nötig. Es lief darauf hinaus, dass ich mit Ahmet Eretugun sechs bis sieben Stunden täglich Interviews gemacht habe – und er versuchte, mich •mit rührseligen Geschichten einzuwickeln, die Europäer auf den Schweizer Internaten, die er besucht hatte, hätten ihn wie einen Nigger behandelt, deshalb könnte er auch so viel mit der Musik der Schwarzen anfangen. Die meisten hochkarätigen Figuren erzählen irgendeinen Scheiß, wenn sie Interviews geben, und Eretuguns Fall sieht so aus – sein Vater war türkischer Botschafter in den Vereinigten Staaten zur Zeit von Mustafa Kemal Atatürk, und wenn ich von dem Völkermord an den Armeniern in der Türkei seit 1914 gewußt hätte, (was wollt ihr? Ich bin Amerikaner, die ganze Welt weiß, dass wir blöd sind!) hätte ich ihn bestimmt gefragt, inwieweit seine wohlhabende und politisch einflussreiche Familie darin verwickelt war. Auf der anderen Seite ist Ahmet ein wirklich netter Bursche (obwohl Dr. John vielleicht etwas anderes dazu sagen würde). Am Ende habe ich mich mit dem Engländer überworfen, es ging um die Verbindung zwischen black-faced Minstrel-Shows und Country- und Western-Musik. Mein Text tauchte dann auch nicht in der Endfassung des Buches auf. Aber was soll's. Ich wurde bezahlt, habe einen Monat in irgendeinem nieseligen, englischen „Streunende- Hunde"-Dorf verbracht und eine Woche in Cannes und meine Ehe ging zu Bruch. Es war also eine gute Sache.

English. Then there's Mario and Anna. Anna takes good care of my teeth. I love all my doctors here. Dr. He-Ok Cadeddu, Dr. Leonard and Dr. Benedikt Camps. I mean, like, I have HEALTH INSURANCE. This is unbelievable to me. After I left home in my teens, I have never had health insurance. Who can afford health insurance in the States? There's my friends Florian and Ines. Ines cooks the Soul Food of the Ancients – so good, as my father likes to say, "it'll make you slap your pappy!". And there's Angie Reed. Angie is the most gifted performer I have seen in ages. She's a mixture of Penny Arcade and LaWanda Page. Penny is a gifted Lower Eastside actress who has worked with, among others, Jack Smith. And LaWanda Page is "Stanford & Son's" Aunt Esther. There's all my pals at b-books, especially Katja Diefenbach. And there's Ghrazi, that boy from Brazil, and the electrically cute Nicole; the sinister Dr. Heinrich Dubel; the ghetto fabulous Betty Bombshell; Stefan Ernsting; Thorsten Klooster; Maria Morais; Katja Fouquet and her dad, Herr Doktor Heiko the shrink. And Gundula, Ollie and Marc. My pals at "Another Country" bookshop and the Slumberland Bar. And my favorite bartender, Maria, at Kaffee Burger. My American friend Keith Nealy. Jörg, Werner and Sarah. And my pal, John Strausbaugh, who doesn't live here, but he should. I could go on (and I often do). Just read the book. Tell Jörg and Werner what you think. Me? I don't care. I'm just glad it's out there.

Darius James, Berlin 2002

Was gibt es noch? Little Richard? Ich bin mir nicht sicher. Der könnte auch in dem zweiten Buch sein. Aber trotzdem muss ich noch diese Geschichte loswerden. Ich war einmal zum Dinner aus mit Ike Turner und erzählte ihm von meinem Interview mit Little Richard. Er sagte nur:

„Welchen Little Richard hast du gekriegt? Den echten oder die Falsche-Priester-Nummer?“ [2]

Jesus, ich weiß wirklich nicht mehr was alles in dem Buch ist. Ich könnte über mein Leben in Berlin erzählen, doch was gibt es darüber zu sagen? Ich bin völlig pleite und habe sehr gute Freunde. Meine beste Freundin ist Claudia. Sie hat dieses Buch übersetzt. Und sie hat wirklich geschafft, meinen Rhytmus und mein Sprachgefühl wiederzugeben. Keine leichte Aufgabe, wenn man bedenkt, wie gerne ich die amerikanische Sprache verbiege. Dann sind da noch Mario und Anne. Anne ist meine Zahnärztin und eine sehr gute dazu. Ich mag alle meine Ärzte hier sehr gerne. Dr. He-Ok Cadeddu, Dr. Leonard und Dr. Benedikt Camps. Ich bin KRANKENVERSICHERT. Das ist unglaublich. Seit ich mein Elternhaus verlassen habe, war ich nicht mehr krankenversichert. Wer kann sich das in den Staaten leisten? Dann sind da noch meine Freunde Ines und Florian. Ines kocht Soul Food wie unsere Vorfahren – so gut, dass mein Vater sagen würde: „it'll make you slap your pappy“. Und dann gibt es noch Angie Reed. Angie ist die talentierteste Performerin, der ich seit Jahren begegnet bin. Sie ist eine Mischung aus

[2] Ike ist ein lustiger Kerl. Ich fragte ihn, wie man sich als der unbeliebteste Schwarze Amerikas fühlt. Und er sagte: „Gott sei Dank gibt es noch O.J.!“

Penny Arcade und LaWanda Page. Penny ist eine begabte Schauspielerin aus der Lower Eastside, die u.a. mit Jack Smith zusammen gearbeitet hat. Und LaWanda Page ist die Tante Esther aus „Stanford & Son's". Meine Kumpel von b-books nicht zu vergessen, besonders Katja Diefenbach. Dann ist da noch Ghazi, that boy from Brazil, and die electrically cute Nicole: der finstere Heinrich Dubel; die fabelhafte Betty „Ghetto" Bombshell; Stefan Ernsting; Thorsten Klooster; Maria Morais; Katia Fouquet und ihr Vater, Herr Doktor Heiko, der Psychiater. Und Gundula, Ollie und Marc. Meine Kumpel Alan, Sabine und Ralf vom Buchladen „Another Country" und Vincent, Pete und Salomé vom Slumberland. Und meine Lieblingsbarfrau Maria vom Kaffee Burger mit ihren hexenartigen Gebräuen. Mein amerikanischer Freund Keith Nealy. Jörg, Werner und Sarah. Und mein Kumpel John Strausbaugh, der zwar nicht hier ist, es aber sein sollte. Ich könnte immer so weiter machen (und das tue ich auch oft). Lest einfach das Buch. Sagt Jörg und Werner was ihr davon haltet. Mir? Mir ist es egal. Ich bin nur froh, dass es raus ist.

Darius James, Berlin 2002

JAMBALAYA

4 Onions * 4 green peppers * 3 cans of stewed tomatoes (in a box here) * bay leaves * garlic * 3 cups of long grain white rice * bacon * ham shank * shrimp * crab meat * ground pepper corns * chicken bouillon * hot sauce

Slice onions, green peppers and ham shank. Cook bacon in a large skillet. Sautee onions and green peppers in the residual fat. In a large pot, add 2-3 cubes of chicken boullion to boiling water. Pour in three cups of long grain rice. Cook rice until some of the water is absorbed. Add stewed tomatoes, bay leaves, chopped garlic, ground peppercorn and hot sauce. Shrimp and crab meat are the last items added to the pot. Cook for one and half hours or until thick. Let sit for a few hours before serving.

JAMBALAYA

4 Zwiebeln * 4 grüne Paprika * 3 Dosen geschälte Tomaten * Lorbeerblätter * Knoblauch * 3 Tassen weißen Langkorn-Reis * Speck * Hinterschinken * Shrimps * Krabbenfleisch * frisch gemahlener Pfeffer * Hühnerbrühe * Hot Sauce

Zwiebeln, grüne Paprika und Schinken in Scheiben schneiden. Speck in einer großen Pfanne auslassen. Zwiebeln und grüne Paprika im ausgelassenen Fett anbraten. Wasser in einem großen Topf zum kochen bringen und 2-3 Würfel Hühnerbrühe darin auflösen. Den Reis dazu geben und kochen bis er fast gar ist. Dann Tomaten, Lorbeerblätter, gehackten Knoblauch, gemahlenen Pfeffer und Hot Sauce unterrühren. Ganz zum Schluss Shrimps und Krabbenfleisch zugeben. Eineinhalb Stunden kochen lassen oder bis alles sämig ist. Vor dem servieren, sollte man das Ganze ein paar Stunden ziehen lassen.

THE LAST AMERICAN NIGGER

"The small circular-made planes called flying saucers is only one of the things in store for the white man's evil world"
Elijah Muhammad, "Message to the Black Man in America"

America's last days, before its darker peoples inexplicably vanished (deserting us, their paler brethren, without even the consideration of a proper note, thank-you-very-much![1]) was marked by a series of preternatural visitations. However incredible, after a careful and clear-eyed scrutiny of the facts, measured by all the instruments of truth our science provides, there remains no doubt these occurences were of super-natural origin. But, contrary to the worm necessary to the telling of a ghostly tale, human blood didn't spill from the clouds, nor was the earth pummeled by putrescent body parts raining from the heavens. No, the numinous events visited upon America in its final days were benign in nature. In the end, the boogie man wore a friendly face.

The first of these early reports is best represented by an account in the Monday morning edition of The Crab Corner Apple :

[1] Actually, we did. And you grafted from rat, dog and cat devils didn't find it! It's true, though, we weren't plannin' on sayin' shit. We was just gonna leave, see if you actually noticed, way y'all act – stumbling into us in broad daylight like you don't see us an' shit.

THE LAST AMERICAN NIGGER

„Die kleinen kreisrunden Flugzeuge, die man Fliegende Untertassen nennt, sind nur eines der Dinge, die für die böse Welt des Weißen Mannes bereitgehalten werden."

Elijah Muhammad, Message to the Black Man in Amerika

Die letzten Tage Amerikas, bevor seine dunkleren Bewohner auf unerklärliche Weise verschwanden (und uns, ihre blasseren Brüder allein ließen, ohne auch nur einen Gedanken an einen entsprechenden Hinweis zu verschwenden, recht herzlichen Dank![1]) waren gekennzeichnet durch eine Reihe übernatürlicher Visitationen. Ungeachtet ihrer Ungeheuerlichkeit, nach einer genauen und scharfsichtigen Überprüfung der Fakten, vermessen durch alle Instrumente, die unsere moderne Wissenschaft zu bieten hat, besteht kein Zweifel, dass diese Begebenheiten übernatürlichen Ursprungs waren. Doch im Gegensatz zum Wurm, den man braucht, um Gespenstergeschichten zu erzählen, wurde kein Menschenblut aus den Wolken herunter geschüttet und es prasselten auch keine fauligen Körperteile aus den Himmeln auf die Erde hernieder.

[1]Eigentlich haben wir eine Nachricht hinterlassen. Und ihr Teufel, Kreuzungen aus Ratten Hunden und Katzen, habt sie nicht gefunden. Obwohl wir vorhatten, keinen Ton zu sagen. Wir wollten einfach abhauen, sehen ob ihr es überhaupt merkt, so wie ihr euch immer benehmt – rennt am helllichten Tag in uns rein, als ob ihr uns nicht seht und so'n Scheiß.

CRAB CORNER, Michigan, May 19 – A report released late last night from the Crab Corner sheriff's department confirmed recent rumors concerning retired physical-education instructor, D.T. Ward, 68, who alleged over the weekend that a spectral, feral-eyed black man passed through the walls of his newly-panelled basement Saturday morning, and greeted him with a strange but cheery salutation.

"At first, I thought he was askin' for a plate of 'green eggs'n'ham'," D.T. told a disbelieving deputy, "like in them Dr. Seuss books. But now that I think on it, what he said sounded somethin' more like what them magician fellas say 'fore they pull a rabbit outta their hat – Wham! Bam! Alley Ka Zam! – only this nigra fella was more dicty an' foreign soundin', like he was addressin' royalty or somethin', lookin' at me with them flint-fire eyes. Gave me the willies!"

According to Ward, whom long-time neighbors suspect is rapidly degenerating into senility, the red-haired apparition floated into the upstairs kitchen, where he took a box of Cap'n Crunch from a kitchen cupboard, and prepared a large bowl of the sugar coated cereal, using close to a full quart of milk. The sepia-tinted spectre then returned to the basement, sat on the sofa, nestling the bowl on his lap, and watched cartoons on the family's new big-screen television set with the Wards' three visiting grand-children – Ralph,Edwina and Skip. The children chirped he enjoyed early-vintage "Popeye" cartoons best.

"Right neighborly fella," D.T. said, "real nice to the kids. Didn't drink, smoke or cuss. Helped around the yard. Wore a bowtie."

Nein, die zahllosen Ereignisse, von denen Amerika in seinen letzten Tagen heimgesucht wurde, waren friedlicher Natur. Am Ende hatte der Butzemann ein freundliches Gesicht.

Ein Artikel in der Montagmorgen-Ausgabe des Crab Corner Apple macht deutlich, wie über die Ereignisse berichtet wurde:

CRAB CORNER, Michigan, 19. Mai – Eine Meldung, die uns letzte Nacht aus dem Polizeidezernat von Crab Corner erreichte, bestätigt die Aussagen des pensionierten Sportlehrers D.T. Ward (68), der behauptet hat, dass am Wochenende ein geisterhafter schwarzer Mann mit wilden Augen durch die frisch vertäfelten Wände seines Kellergeschosses gedrungen sei und ihn mit einer seltsamen, jedoch freundlichen Geste begrüßt habe.

„Zuerst dachte ich, er wollte einen Teller mit ‚grünen Eiern und Schinken'", erzählte D.T. dem ungläubigen Polizeibeamten. „Wie in den Dr. Seuss Büchern. Aber wenn ich genau drüber nachdenke, was er gesagt hat, hörte es sich mehr an wie die Zauberer, bevor sie ein Kaninchen aus dem Hut holen – Simsalabim! Hokuspokus Fidibus! – nur, dieser schwarze Kerl klang mehr so gewählt und ausländisch, als ob er mit einem König oder sowas reden würde, glotzt mich mit diesen leuchtenden Feuersteinaugen an. Mir ist ganz anders geworden!"

Laut Ward, von dem seine langjährigen Nachbarn annehmen, dass er immer seniler würde, ist das rothaarige Gespenst in die Küche im ersten Stock geschwebt, hat dort eine Schachtel Cap'n Crunch vom Regal gefischt und eine

But then, them boushie-minded house negroes started worryin' 'bout they class image, insisting it was only the polite thing to do (they was forever tryin' to po' lice our po' liteness. Even here. Out in Space).

"Don't you read your Emily Post?" they argued.

"Hell no!" shouted one ragheaded joker, flashing the one gold-capped tooth left in his dark-gummed mouth. "We didn't have no time for that siddy-ass ho'! She wuzn't exactly invitin' us to cocktail parties in Connecticut, chillin' poolside in Westport an' shit. We wuz too busy refining the etiquette of smokin' *crack*!" His comment was greeted by a roar of boisterous and withering laughter.

The boushie faction's faces tightened in embarrassment.

"It's no wonder white folks think only a single rung on the evolutionary ladder separates us from monkeys !" they exclaimed. "You're all nothing but a bunch of barbaric no-count ghetto niggers !"

And, oh my god, why them silly-ass negroes have to say that? Callin' us "niggas"?

"Hold me back! Hold me back!!" one woman screamed as if having a fit of holy-roller convulsions in church. "I 'bout ready to cut me som' high-yalla heifa!"

Before rising tempers ended in some old-fashion 'black-on-black' franti-cide, an F.O.I. sentry fired a beam from his laser rifle over the heads of the crowd, singeing a few Angela-Davislike 'fros, and shouted "Ain't gon' be no paper-bag Jack'n'Jill factionalizin' up here on the Motherplane!! Stop yo' fightin' fore I fry you up like one them pork chops I done confiscated 'fore y'all got on board!"

große Schüssel gezuckerter Getreideflocken in einem ganzen Liter Milch ertränkt. Danach kehrte die sepia-braune Spukgestalt ins Kellergeschoss zurück, nahm Platz auf dem Sofa, die Schüssel gemütlich auf dem Schoß, und sah sich Cartoons auf dem neuen Großbild-Fernseher der Familie an, gemeinsam mit den Enkelkindern der Wards Ralph, Edwina und Skip, die gerade auf Besuch waren. Die alten „Popeye" Cartoons hätten ihm am besten gefallen, zwitscherten die Kinder. „Richtig netter Kerl", sagt D.T., „freundlich zu den Kindern, hat nicht getrunken, geraucht oder geflucht. Hat im Garten geholfen. Trug eine Fliege."

Doch dann haben die spießigen Hausneger angefangen, sich um ihr Image Sorgen zu machen. Sie bestanden darauf, das es korrekter sei so (für immer und ewig haben sie versucht unser ko'rrektes Benehmen zu ko'rigieren. Sogar hier. Draußen im Weltall.).

„Lest ihr nicht eure Emily Post?" verteidigten sie sich.

„Um Gottes Willen, nein!" rief ein zerzauster Joker, und ließ den einzigen Goldzahn in seinem dunklen Gebiss aufblitzen. „Wir hatten keine Zeit für die großtuerische Tussi! Sie hat uns auch nicht gerade zu Cocktailpartys in Connecticut eingeladen, am Pool chillen in Westport und der ganze Scheiß. Wir waren zu sehr damit beschäftigt, die feine Art des Crack-Rauchens zu kultivieren!" Sein Kommentar wurde mit einem Schwall von lautem und einschüchterndem Gelächter goutiert.

Die Mitglieder der Spießer-Fraktion setzten peinlich berührte Mienen auf.

So, in the best interests of communal solidarity, we relented. And composed an impolite note in our best calligraphic scrawl. It was penned on fine (virgin white) linen-paper. The accompanying envelope was perfumed with lilac water. And left the note with a few squares of brightly-foiled chocolate. The chocolates were embossed with a relief of the Cream of Wheat chef. Then we teleported the note back to earth. It was wedged in the cracks between the floorboards of the rotting outhouse on Mr Janson's property, just outside Tupelo, Mississippi. Boy, did we have a stink waitin' for you! It read:

Dear In-Serious-Need-Of-Some-Melanin People,

after smelling the sour stench of curdled milk-lumps wafting in our direction from your starched bodies for half a millennium, we could no longer restrain our nausea. So, before we choked on our own vomit, like the late great J.H. with that German hippie ho', we decided to hat up and head for the sky. Fuck all y'all.

Signed,

All Colored People in general
and all Black People in particular .

P.S. Don't look for us. You won't find us. We ain't home. The shade is down. The door is locked. Ain't no intercom and the buzzer's broke. The premises be vacated. A 'For Rent' sign hangs in the window.

P.S.S. We took all the good silverware, the china too!

P.S.S.S. Kiss our collective black ass!

„Kein Wunder, dass die weißen Leute denken, zwischen uns und den Affen läge nur eine einzige Sprosse auf der Leiter der Evolution", riefen sie aus. „Ihr seid nichts weiter als ein Haufen barbarischer Ghetto Niggers, die nicht dazu zählen!"

Und, oh mein Gott, warum müssen die albernen Neger so was sagen? Uns „Niggas" zu nennen?

„Haltet mich fest! Haltet mich fest!" kreischte eine Frau, als ob sie in der Kirche wäre und einen Koller frommer Zuckungen hätte. „Ich bin kurz davor, eine dieser hellgelben Kühe abzustechen!"

Bevor die aufgebrachte Stimmung in einer altmodischen „Schwarz-Contra-Schwarz"-Hysterie enden würde, strahlte ein F.O.I.-Wachposten mit seiner Laserpistole über die Köpfe der Menge hinweg, sengte ein paar Angela-Davis-Afros an und rief: „Hier oben im Mutterschiff wird es zu keinen Paper-Bag- Jack'n'Jill-Abspaltungen kommen!!! Hört auf zu streiten, sonst lass' ich euch schmurgeln wie eins dieser Schweine-Koteletts, die ich konfisziert habe, bevor ihr alle an Bord gekommen seid!"

Also, im Interesse der allgemeinen Solidarität gaben wir nach. Und wir verfassten eine unkorrekte Nachricht in unserer aller schönsten Krakelschrift. Geschrieben wurde auf feinem (jungfräulich weißem) Leinenpapier. Der dazugehörige Briefumschlag war mit Fliederwasser parfümiert. Dazu legten wir noch einige Tafeln Schokolade, schön in Silberpapier gewickelt. Die Täfelchen zierten die erhaben herausgearbeitete Silhouette des Cream of Wheat Küchenchefs. Schließlich wurde die Nachricht zurück zur Erde teleportiert. Sie klemmte zwischen den Dielenritzen im morschen Klohäuschen auf

As these early accounts scrolled off the busy keys of clacking teletypes, piling into a jumbled heap of ribboned sheets on the floor, the major news services instantly dismissed the story as a hoax spawned by some prankster on the internet; thus, consigning its fate to the back pages of a few smalltown dailies. But reports of the 'friendly black man's' visitations grew in number, emanating with increased frequency from all regions of the country, and the story eventually received its first round of national exposure on the front covers of several dubious supermarket tabloids – complete with lurid, bold-faced headlines and photoshop trickery.

Check-out counter coverage was quickly followed by dramatized re-enactments on syndicated television shows devoted to underwater u.f.o. bases; spontaneous combustion and sightings of West-Virginian moth-men. These segments proved so popular in the ratings, it launched a whole new television sub-genera combining routine police investigation, no-income negroes and the paranormal. The most-watched show of the species was titled "Unexplained Headbashings", hosted by a weeping, swollen jowled and brain-damaged Rodney King, jr.

"Hi, I'm Rodney King!" he'd whine with a clumsy tounge during the opening wraparound of each episode, copious tears streaming down his cheeks. "As you all know, the L.A.P.D. whipped me all up side the head, leaving me lookin' like a kicked in Jack-o-Latern! But what y'all didn't know was that supressed court evidence, unavailable to the media until now, also confirmed that these same policemen had been previously murdered by handkerchief-headed gang bangers. And that

Mister Jansons Grundstück, kurz vor Tupelo, Mississippi. Junge, hat da ein Mief auf euch gewartet. Auf der Nachricht stand:

Liebe Melanin-Mangel-Menschen,

nachdem wir den sauren Gestank geronnener Milchklumpen, der aus euren Kartoffelmehl-Körpern in unsere Richtung weht, ein halbes Jahrtausend ertragen haben, können wir unsere Übelkeit nicht länger im Zaum halten. Bevor wir also an unserem eigenen Erbrochenen ersticken, wie einst der großartige J.H. im Beisein dieser deutschen Hippie-Schlampe, beschlossen wir, in Richtung Himmel abzudampfen.

Fickt euch doch selbst.

Gezeichnet

Alle farbigen Menschen im allgemeinen

und alle schwarzen Menschen im besonderen.

P.S. Sucht nicht nach uns. Ihr werdet uns nicht finden. Wir sind nicht zu Hause. Die Schotten sind dicht. Die Tür ist verschlossen. Es gibt keine Gegensprechanlage und die Klingel ist kaputt. Die Gebäude sind geräumt. Im Fenster hängt ein Schild: „zu vermieten".

P.P.S. Wir haben das gute Silber mitgenommen und auch das ganze Porzellan!

P.P.P.S. Küsst die Gemeinschaft unserer schwarzen Ärsche!

Als die ersten Meldungen aus den diensteifrigen Tasten der Fernschreiber rollten und sich zu einem wirren Haufen Papierschlangen auf dem Boden türmten, verwarfen die

Charles Manson, who was tryin' to start a race war code named Helter Skelter conjured up a radioactive cloud in his jail cell."

"This cloud floated through Charles Manson's prison bars to the policemen's graves. The policemen were suddenly raised up from the dead and my drunken, no-drivin' black ass was actually kicked by a horde of zombies! Yes! It's *fact*! The video taped event that spurred the L.A. riots was a Night of the Living Dead and Plan Nine From Outer Space conspiracy against the Black Man! And only an all-white jury in the suburbs of Southern California would believe some dumb shit like that! So, before tonight's first segment, I hope we can all get along with a word from our sponsors!"

Some said the mysterious visitations were the fulfillment of biblical prophecy, though no one could cite which bible or what prophecy. Catholics and other Christians argued the matter with Jews. Jews argued with Muslims. Muslims argued with Hindus. Hindus argued with Buddhists; and so on, continuing down the food chain of world religion until the Hare Krishnas were left to battle it out on Hollywood Boulevard with space-suited Scientologists.

Others pointed fingers at "evil Greys" colloborating with the C.I.A. Some blamed the occurences on tattooed-tribes of psychedelic nomads dumping vats of LSD-25 in the reservoirs of the country's water supply. Media pundits claimed it was popular delusion. And, borrowing a phrase from the lexicon of sixties' subculture, they said the friendly black man was the projection of a guilt-ridden nation suffering from a long overdue collective 'freakout'.

großen Nachrichtenagenturen die Geschichte sofort als Streich eines Pranksters aus dem Internet. Somit wurde ihr Schicksal den letzten Seiten einiger Kleinstadtzeitungen überlassen. Doch die Berichte über den ‚freundlichen schwarzen Mann' und seine Besuche wurden immer zahlreicher, kamen immer öfter aus allen Ecken des Landes. Schließlich brachte es die Story auf die Titelseiten verschiedener dubioser Supermarkt-Käseblätter – komplett mit reißerischen, fettgedruckten Überschriften und Photoshop-Schnickschnack.

Die Käseblatt-Kommentare hatten bald ein Nachspiel. Sie wurden aufgebauscht und in diversen Fernsehshows präsentiert, die auf Unterwasser-UFO-Basen, spontane Selbstentzündungen und Begegnungen mit Motten-Menschen in West-Virginia spezialisiert waren. Dank der hohen Einschaltquoten entstand eine ganz neue Fernsehgattung, eine Mischung aus Polizei-Ermittlungen-Reality-TV, erwerbslosen Negern und Parapsychologie. Die beliebteste Sendung dieser Art nannte sich „Auf unerklärliche Weise verdroschen", moderiert von einem heulenden, verquollenen und hirngeschädigten Rodney King jr.

„Hi, ich bin Rodney King!" krächzte er undeutlich mit schwerer Zunge zu Beginn jeder Sendung. Heiße Tränen rannen über seine Wangen. „Wie ihr alle wisst, hat die L.A.P.D. mich verdrescht und mir den Kopf zu Brei gehauen, so dass ich aussehe wie eine eingetretene Kürbislaterne! Aber was ihr alle nicht wissen könnt, erst jetzt kamen rechtskräftige Beweise ans Tageslicht, die bestätigen, dass genau diese Polizisten zuvor von Kopftuch-tragenden Gang-Bangern ermordet wurden. Und dass Charles Manson, der einen Rassenkrieg unter dem

"You people sound like you just ate all the bad acid at Woodstock!" fumed a contrarian radio-host. "There's no such thing as 'ghostly negroes'! That idea is as fanciful as Santa Claus, the Easter Bunny and the Socialist State! Hell, I'm not fully convinced of the existence of flesh and blood negroes, either! I think they all drowned, marching into the Potomac at that King dream-thing in '63! Grow up, people! The sixties are over!"

On The Charlie Rose Show, the playful speculations of Harvard professors Henry Louis Gates, jr. and the gap-toothed Cornel West on the effect of the "friendly black man" on the post-modern pantheon of world literary canon were sidetracked by a discussion of how this anomalous figure might affect their lecture fees in the future.

"You niggas crazier'n Richard Pryor on a four-month coke binge!" Stanley Crouch laughed, who was also a guest on the panel, his bulk rattling like an industrial milkshake blender inside of his three-piece suit. "The only 'spooks' I see are the two in front of me!!"

Then, suddenly, Stanley turned in his chair, and slapped Harry Allen for no discernible reason. *Thwack!*

With the considerable revenue generated by the sale of advertising space to the 1-900 'psychic' phone-services (which included a costly full-page, four-color ad featuring a naked LaToya Jackson and her "Psychic Ho' Hotline"),The Village Voice devoted a special supplement to the subject of the white left's relationship to "The S(pectral) B(lack) M(an)". And still didn't know what to make of it.

Greg Tate, in the midst of his 'token' commentary in that same issue, announced he was taking daily hormone injections

Decknamen Helter Skelter anzetteln wollte, eine radioaktive Wolke in seine Gefängniszelle gezaubert hatte.

Diese Wolke ist durch die Gitterstäbe zu den Gräbern der Polizisten geschwebt. Die Polizisten sind ganz plötzlich von den Toten auferstanden. So kam es, dass mein betrunkener, schwarzer „Ich-kann-nicht-Autofahren"-Arsch von einer Horde Zombies platt gemacht wurde! Ja, *Tatsache*! Die Videoaufnahmen, die zu den L.A. Riots geführt haben, waren eine Nacht-der-lebenden-Toten- und Plan-Nine-from-Outer-Space-Verschwörung gegen den schwarzen Mann! Und nur ein rein weißes Schöffengericht aus den Vorstädten von Süd Kalifornien würde so einen bescheuerten Scheißdreck glauben! Also, ich hoffe, dass wir vor unserem ersten Beitrag heute Abend ein wenig Werbung vertragen können!"

Manche hielten die mysteriösen Besuche für die Erfüllung biblischer Prophezeiungen. Obwohl niemand genau sagen konnte, welche Bibel und welche Prophezeiung. Katholiken und andere Christen diskutierten die Sache mit Juden. Juden diskutierten mit Muslimen. Muslime diskutierten mit Hindus. Hindus diskutierten mit Buddhisten; und so weiter und so fort, die ganze Nahrungskette der Weltreligionen hinunter bis zu den Hare Krishnas, die den Streit dann auf dem Hollywood Boulevard mit Scientologen in Raumfahrtanzügen austragen durften.

Andere zeigten mit dem Finger auf „böse Graue", die mit dem CIA kollabierten. Wieder andere schoben die Verantwortung auf tätowierte, psychedelische Nomadenstämme, die Tonnen von LSD-25 in die Wasserreservoirs des Landes gekippt hätten. Medienexperten behaupteten, es handele sich

in preparation for an upcoming sex-change operation. "What do I need my dick for?" he wrote. "Women don't need it. Nor do I. Brothers, follow my example, learn to pee sitting down."

Far from South Central L.A.'s mean suburban streets, a noted HipHop producer living within the gated walls of Callabasis, a private Los Angeles community populated largely by whites with more money than taste, released a rap single titled "*I'm Casper, Da Friendly Bitch-Ass Nigga*". And, in his own words, "... made plenty money. Easier den slangin' crack!"

Dick Gregory called a press conference, announcing plans to stop eating entirely. "No solids. No liquids. No nothing. I'm going to live on air, exercise and my own body fats!" But, when confronted by row upon row of empy folding chairs in the conference room booked at Chicago's Grand Hyatt, the gaunt comedian suddenly forgot why he would do such a thing.

"I'm certain its for a very good cause," he grinned, distractedly picking lint from the lapels of his jacket.

um eine typische Wahnidee. Und, hier benutzten sie eine Phrase aus dem Lexikon der Sixties-Subkultur, der freundliche schwarze Mann sei die Projektion einer von Schuldgefühlen geplagten Nation, die nun einem längst überfälligen kollektiven „Freakout" erlegen war.

„Leute, ihr klingt, als ob ihr gerade das ganze miese Woodstock-Acid geschluckt hättet!" regte sich ein widerspenstiger Radiomoderator auf. „Es gibt keine ‚gespenstischen Neger'! Das ist genauso erlogen wie der Weihnachtsmann, der Osterhase und ein sozialistischer Staat! Ich bin sogar nicht mal davon überzeugt, dass Neger aus Fleisch und Blut existieren, verdammt! Wahrscheinlich sind alle ertrunken, als sie bei diesem King-Traum-Ding '63 in den Potomac marschiert sind! Werdet endlich erwachsen Leute! Die Sixties sind vorbei!"

Während der Charlie Rose Show spekulierten die Harvard Professoren Henry Louis Gates jr. und Cornel West mit seiner Zahnlücke über die Auswirkungen, die der „freundliche schwarze Mann" auf den postmodernen Pantheon der Weltliteratur hat. Doch plötzlich kamen sie vom Thema ab und diskutierten, ob die ungewöhnliche Gestalt Einfluss auf die Höhe ihrer zukünftigen Gehälter haben würde.

„Ihr Niggas seid verrückter als Richard Pryor auf einem viermonatigen Kokain-Trip!" Stanley Crouch, ebenfalls Gast der Diskussionsrunde, lachte laut und seine Körpermasse ratterte wie ein Milchshake-Mixer in einem dreiteiligen Anzug. „Die einzigen ‚Gespenster', die ich sehe, sitzen direkt vor meiner Nase!!"

Und dann, ganz plötzlich, dreht sich Stanley um und gibt Harry Allen eine Ohrfeige, ohne erkennbaren Grund. *Thwack!*

Mit den beträchtlichen Gewinnen, die man durch die Anzeigen von 1-900 Hellseher-Telefonservice erzielte, (dazu gehörte auch eine sehr teure ganzseitige, vierfarbige Anzeige von LaToya Jackson und ihrer hellseherischen-Huren-Hotline), widmete The Village Voice ein ganzes Extraheft dem Verhältnis der zurückgelassenen Weißen zu dem „G(eisterhaften) S(chwarzen) M(ann)". Wussten aber nicht, was es bedeuten sollte.

Vorzeige-Neger Greg Tate gab in seinem Kommentar in der selben Ausgabe bekannt, dass er jeden Tag Hormonspritzen bekommen würde, um eine bevorstehende Geschlechtsumwandlung vorzubereiten. „Wozu brauche ich meinen Schwanz?" schrieb er. „Frauen brauchen ihn nicht und ich auch nicht. Brüder, folgt meinem Beispiel, und lernt, wie man im Sitzen pinkelt."

Weit entfernt von South Central L.A.s verrufenen Vorstadtstraßen, brachte ein bekannter HipHop-Produzent, der in der von Mauern geschützten privaten Community von Callabasis lebt, die in erster Linie von Weißen mit mehr Geld als Geschmack bewohnt wird, eine Rap-Single heraus mit dem Titel „*I'm Caspar, Da Friendly Bitch-Ass Nigga*". Und machte laut eigener Aussage „... einen Haufen Geld. Viel leichter als Crack verticken!"

Dick Gregory ließ in einer Pressekonferenz verlauten, dass er das Essen ganz aufgeben wolle. „Nichts Festes. Nichts Flüssiges. Rein gar nichts. Ich werde von Luft, Leibesübungen und meinen eigenen Körperfetten leben!" Doch als er sich mit den Reihen leerer Klappstühle im gemieteten Konferenzraum im Grand Hyatt von Chicago konfrontiert sah, hatte der

spindeldürre Comedian plötzlich vergessen, warum er so etwas tun wollte.

„Ich bin sicher, dass es einen sehr guten Grund hat", grinste er, und zupfte zerstreut Fusseln von seinem Jacken-Revers.

ATLANTIC

Dedicated to the memory of Terry Southern

I.

With the exception of a few children's sing-a-longs pressed on candy-colored vinyl, the first musical recording I ever owned in life was a single released on Atlantic's Atco label in the summer of nineteen fifty-nine. It was "Poison Ivy" by The Coasters.

I'd just turned five years old.

How I came by this particular recording was due to the enthusiasms of my babysitter, Dorthea. Dorthea was an attractive brown-skinned teen with a helmet of stylish, hot-combed hair, whose standard dress consisted of pastel-colored sneakers, sleeveless blouses, and bright shorts emphasizing her shapely and protuberant behind. Not only did she introduces me to the then-current sounds of Doowop and Rhythm & Blues, via her portable turntable and ever-present stack of forty-fives, Dorthea also hooked me on the no-Negroes dance show American Bandstand, hosted by that Dorian Gray of Teen Pop, Dick Clark.

Skipping in graceful criss-crossed patterns on the balls of her sneakered feet, and jerking her bosomy upper torso while snapping a fat wad of gum, Dorthea made a daily routine of teaching me the latest steps to the day's televised hits. Though her own steps combined the precision of a drill-team majorette

ATLANTIC

Zur Erinnerung an Terry Southern

I.

Zu meinen allerersten Musikaufnahmen gehörte, neben einigen bonbonfarbenen Kinderschallplatten zum Mitsingen, eine Single, die im Sommer 1959 auf Atlantics Atco Label erschienen war: „Poison Ivy“ von den Coasters.

Ich war gerade fünf Jahre alt geworden.

Dass ich in den Besitz gerade dieser Platte gekommen war, habe ich meinem Babysitter zu verdanken. Sie hieß Dorthea und war ein gutaussehender Teenager mit brauner Haut und einer schicken helmartigen Frisur aus glatt gekämmten Haaren. Zu ihrer Garderobe gehörten die obligatorischen Turnschuhe in Pastelltönen, ärmellose Blusen und schockfarbene Shorts, die ihren runden, wohl geformten Po sehr gut zur Geltung brachten. Durch Dorthea lernte ich nicht nur die damals aktuellen Sounds des Doowop und Rhythm & Blues kennen – sie hatte ständig einen Stapel Singles und ihren tragbaren Plattenspieler dabei – sondern auch die „No-Negroes“-Tanz-Show „American Bandstand“, moderiert von Dick Clark, dem Dorian Gray des Teen-Pop.

Während Dorthea graziös in einem Kreuzmuster auf und ab hüpfte, mit ihrem vollbusigen Oberkörper zuckte und ein dickes Stück Kaugummi schnalzen ließ, versuchte sie mir tagtäglich die neuesten Tanzschritte der Hits aus dem Fernsehen

with the playfulness of a game of sidewalk hopscotch, Dorthea's instructions proved a fruitless endeavor.

Early on, contrary to rampant mythology concerning my kind, I demonstrated a pronounced inability to coordinate my feet with my other bodily limbs in the rhythmic and orchestrated fashion one might consider 'dance'. Bill Robinson I was not.

This went on day after day until, one afternoon, in the midst of spinning in lead-footed circles around and around on the livingroom floor, my imagination was seized by a sound that was outright avant-garde to my five-year-old ears.

Overcome by the song's lyrics, vocal arrangements and insistent beat, I instantly dropped to the floor, and flailed about as if I were a monkey infested with fleas – adding to Dorthea's considerable irritation by screeching like a Chimpanzee.

On that particular afternoon, I displayed a marked genius for acting the fool. And therein lay the song's appeal to my nascent comic sensibility. As if I'd been duped into a false sense of need by the quick-cut edits of a television toy commercial, from that moment onward, I begged and whined in that incessant way children have until my parents broke down in aggravation and forked over their hard-earned cash to some record-store cashier.

Once in my possession, much to my parents' constant annoyance, I played my prized forty-five over and over and over again, repeating my simian antics while warbling in a cracked, atonal voice:

"*Poison Ivaa-eeey! Poison Ivaaa-eeeey...*"

Little did I know I was singing about the *Clap.*

beizubringen. Sie bewegte sich mit der Genauigkeit einer gedrillten Tambourmajorette und der Leichtigkeit einer Hopsespielerin, doch ihre Bemühungen blieben wirkungslos.

Ganz im Gegensatz zu den Legenden, die über meinesgleichen so beharrlich erzählt werden, stellte sich schon sehr früh heraus, dass ich absolut unfähig war, meine Füße mit den anderen Körperteilen in einer Art und Weise rhythmisch zu koordinieren, dass man es „tanzen“ nennen könnte. Ein Bill Robinson war ich nicht.

Das ging Tag für Tag immer so weiter. Doch eines Nachmittags, während ich mich im Wohnzimmer wie ein torkelnder Brummkreisel um meine eigene Achse drehte, wurde ich von einer Melodie mitgerissen, die für meine fünfjährigen Ohren absolut avantgardistisch klang. Überwältigt von Arrangement, Text, Gesang und dem durchdringenden Beat, ließ ich mich auf den Boden fallen, schlug wild um mich und kreischte wie ein von Flöhen heimgesuchter Schimpanse – was Dorothea völlig aus der Fassung brachte.

Ich hatte Talent, den Kasper zu spielen. Das zeigte sich an jenem Nachmittag ganz deutlich. Den Anstoß gab dieses Lied, auf das mein gerade aufblühender Humor zu reagieren schien. Wie bei einer geschickt gemachten Spielzeugwerbung war ich plötzlich überzeugt, diese Single unbedingt haben zu müssen. Ich quengelte mit einer Beharrlichkeit herum, die nur Kinder besitzen, bis meine entnervten Eltern schließlich weich wurden und ihr hart verdientes Geld in den nächsten Plattenladen trugen. Als das begehrte Objekt in meinen Besitz gelangt war, nervte ich meine Eltern unvermindert weiter,

"Poison Ivy" lasted on the charts (both R&B and the one monitoring the record-buying habits of white people) for a full sixteen weeks before peaking at number seven, then fading into the void of the public's fickle memory. The Coasters (Carl Gardner, lead tenor; Bobby Nunn, bass; Leon Hughes, second tenor; Billy Guy, baritone; and Adolph Jacobs on guitar), so named because, its members chilled on the West Coast, were part of a musical lineage that included Dusty Fletcher, Louis Jordan, Fats Waller and Cab Calloway; and, according to Barney Hoskyns, represented the transition in pop music from R&B to Rock'n'Roll.

"Poison Ivy", like the Coasters other five-year run of hits for Atlantic (which included "Down in Mexico"; "Searchin'"; "Young Blood"; "Yakety Yak"; "Charlie Brown"; and "Along Came Jones"), was written, arranged and produced by Mike Stoller and Jerry Leiber – pioneers of the idea that the song writer/producer is an independent and self-contained creative entity.

By combining elements of Yiddish Theater, Vaudeville and the Minstrel Show with the sounds of Rhythm & Blues, Stoller and Leiber forged a kind of African-American Musical Theater, seasoned with the salty humor of an afterhours club. With coded irreverence, these two men captured the imagination of the fifties' teen in much the same way Phil Spector did in the early sixties with his 'wall o' sound' girl groups and the deluded drug-addled gibberish of Lennon and McCartney in the mid-to-late sixties.

Stoller and Leiber's compositions for the Coasters once opened them to accusations of using their "favorite repertory

indem ich die Single pausenlos spielte, dabei meine affenartigen Mätzchen wiederholte und mit atonaler Stimme

„Poison Ivaa-eeey! Poison Ivaa-eeeey...“, plärrte.

Wie konnte ich wissen, dass ich da ein Lied über *Tripper* sang.

„Poison Ivy“ blieb ganze sechzehn Wochen in den Charts (sowohl in den R&B Charts als auch in denen der weißen Amerikaner). Höhepunkt war Platz sieben, dann geriet das Stück langsam in Vergessenheit. Die Coasters (Carl Gardener, erster Tenor; Bobby Nunn, Bass; Leon Hughes, zweiter Tenor; Billy Guy, Bariton und Adolph Jacobs an der Gitarre), wurden so genannt, weil alle Bandmitglieder von der Westküste kamen. Musikalisch gehörten sie in die Richtung von Dusty Fletcher, Louis Jordan, Fats Waller und Cab Calloway. Laut Barney Hoskyn bewegten sie sich auf der Schwelle von R&B zu Rock'n'Roll.

„Poison Ivy“ wurde, wie auch die anderen Fünfjahres-Hits von Atlantic (zu denen „Down in Mexico“, „Searchin“, „Young Blood“, „Yakety Yak“, „Charlie Brown“ und „Along Came Jones“ gehörten), von Mike Stoller und Jerry Leiber geschrieben, arrangiert und produziert. Leiber/Stoller waren Pioniere auf dem Gebiet Songwriter/Producer und zeigten, dass dieses Konzept als unabhängige kreative Einheit funktionierte.

Leiber und Stoller vermischten Elemente des jiddischen Theaters, des Vaudeville und der Minstel Show mit den Sounds des Rhythm & Blues und schufen so eine Art afro-amerikanisches Musik-Theater, das sie schließlich mit einem

company" to perpetuate the minstrel show's blackfaced stereotypes. Given the importance of the minstrel show to the development of popular entertainment in America, this is not without validity. One could easily imagine the leather-lunged Kingfish Calhoun crooning in a Coasters' mix. But this accusation also ignores the complex oral traditions (and the equally complex relationship) of Blacks and Jews in America; as well as the irony of the comic blues-based musical routines of the black Medicine show/TOBA performers Stoller and Leiber drew on to compose for the Coasters .

But this concern hadn't entered the cartoon world of my five year old's brain. I liked Amos'n'Andy (in fact, Spencer Williams, one of the t.v. show's stars, was, in his day, a renaissance man comparable to Melvin Van Peebles. Not only did he write, act, produce, compose songs, and direct for stage and film, he controlled his product). All I knew was "Poison Ivy" was the '*shit*'.

In recalling that first forty-five, with its red on black logo, and oversized, harp-shaped A, I realize now an Atlantic recording was not an unusual item in my household.

Often, as a child, once my mother tucked me in at night, and recited a plantation cradlesong by Paul Lawrence Dunbar, I was lulled to sleep by the music of 'Trane or Mingus or M.J.Q.

As a student at New York's Art Students League in the nineteen forties, my father spent his weekends in Newark. Many of the Bebop cats kept their cribs there he said, it was more affordable than living in Manhattan. He was befriended

Schuss schlüpfrigen Nachtclub-Humor verfeinerten. Mit dieser chiffrierten Respektlosigkeit, zogen die beiden Männer die Teenager der Fifties in ihren Bann – ähnlich wie Phil Spector mit seinen „Wall-O'-Sound"-Girl-Groups in den Sixties und später Lennon und McCartney mit ihrem berauschenden drogenbenebelten Kauderwelsch.

Schließlich wurde Leiber und Stoller vorgeworfen, ihr „Lieblings-Repertoire-Ensemble", die Coasters, dazu zu benutzen, die Stereotypen der Minstrel-Shows, in denen Weiße mit schwarzbemalten Gesichtern auftraten, fortleben zu lassen. Wenn man den Einfluss der Minstrel Shows auf die Entwicklung der amerikanischen Unterhaltungsindustrie betrachtet, ist dieser Einwand nicht ganz unbegründet. Man kann sich sogar sehr gut vorstellen, wie ein Kingfish Calhoun mit seiner Lederlunge einen Coaster-Song croont. Doch lässt dieser Vorwurf die Geschichte der wechselseitigen Beziehungen zwischen der schwarzen und der jüdischen Bevölkerung Amerikas außer acht. Denn ebenso nachhaltig hatten Ironie und Witz der schwarzen Medicine Show/TOBA-Performer mit ihren musikalischen Nummern, die in der Tradition des Blues standen, die Kompositionen für die Coasters beeinflusst.

Doch solche Fragen waren damals in der Cartoon-Welt meines fünfjährigen Kinderhirns ganz ohne Belang. Ich mochte Amos'n'Andy (Spencer Williams, einer der Stars der Fernsehsendung war übrigens zu seiner Zeit eine Art moderner Renaissance-Mann, ähnlich wie Melvin van Peebles. Er schrieb, war Schauspieler und Produzent, komponierte Stücke, brachte sie auf die Bühne und hatte die

there by Babs Gonzales of "I Paid My Dues" fame (who claimed, in the self-published "Walkin' on Down de' Line", it was he, not Lester Young, who had invented Bebop slang). Babs accompanied my father to Newark's afterhour spots; where they checked out 'blue' comedians, sexual contortionists and dug late night/early morning jam sessions with the likes of Sonny Stint, Hank Mobley and Walter Davis.

Later, in New Haven, Ct., my father moonlighted as a waiter at the Oakdale Music Theater, where he once served the great Billie Holiday. He also worked tables at The Playback, a Jazz club owned by Willie Ruff of the Mitchell-Ruff Duo – two of the first Jazz musicians to perform in the Soviet Union. Dwight Mitchell, a pianist who sprang from Lionel Hampton's band, was a frequent guest in my home, and became a surrogate godfather to my sister and I.

My parents' love for Jazz was so complete, by the time I was six years old, I had seen every major Jazz musician of the bebop era in live concert (I've always suspected my father secretly wished I'd become a Jazz musician. It's evident in how I was named: Darius [Milhaud] Hayden [Haydn] James. Why he wished that pauper's tragedy on me I have no idea).

At eight years old, I could boast I once hung out with Jazz guitarist, Romano Mussolini, son of the Italian dictator, after a Jazz festival in Genoa, Italy. I'd even met, that same summer, the legendary cigar-puffing Bricktop, a former chanteuse with Noble Sisle's band, at her bistro in Rome. And, lastly, sadly, my mother's final deathbed wish, was that a recording of The Modern Jazz Quartet's "No Sun in Venice" be played at her funeral.

Kontrolle über sein Werk). Ich wusste nur, „Poison Ivy" war das *Ding*.

Wenn ich heute an meine erste Single zurück denke, rot-schwarzes Logo und übergroßes harfenförmiges A, fällt mir auf, dass Schallplatten von Atlantic in unserem Haushalt nichts Ungewöhnliches darstellten. Als Kind, nachdem meine Mutter mich zugedeckt und ein altes Plantagen-Wiegenlied von Paul Lawrence Dunbar für mich gesungen hatte, wurde ich von der Musik von Coltrane, Mingus oder M.J.Q sanft in den Schlaf gelullt.

In den Vierziger Jahren, als mein Vater an der New York Art Students-League studierte, verbrachte er seine Wochenenden in Newark. Viele der Bebop Cats machten das so, erzählte er mir, weil es einfach billiger war, als in Manhattan zu wohnen. Mein Vater war mit Babs Gonzales befreundet, der mit „I paid My Dues" bekannt wurde (und in seinem im Eigenverlag herausgegebenen Buch „Walkin' on Down de' Line" behauptete, dass er es war und nicht Lester Young, der den Bebop-Slang erfunden hatte). Babs begleitete meinen Vater oft zu den Afterhour-Clubs in Newark. Dort sahen sie sich „Blue-Comedians" und Sex-Schlangenmenschen an oder die Jam-Sessions mit Leuten wie Sonny Stint, Hank Mobley und Walter Davis, die erst im Morgengrauen begannen.

Später in New Haven Conneticut arbeitete mein Vater nebenbei als Kellner im Oakdale Musiktheater, wo er sogar einmal die große Billie Holiday bediente. Dann kellnerte er im Playback, einem Jazz-Club, dessen Inhaber Willie Ruff vom

Though I didn't choose the musical road (Dwight once tried to teach me piano and quickly discerned I had no talent), my upbringing predetermined my fondness for Jazz. And Jazz meant Atlantic Records. Jazz meant Blue Note, Verve and Impulse, too; but it mainly meant Atlantic.

Atlantic Records had insinuated itself into my life (and certainly the lives of many others) in ways I was completely unaware of. For example, by breaking the Stax sound (and therefore, Soul music) to a national and world audience, and providing a music that defined the times, its 'soundtrack' if you will, Atlantic is as responsible for stoking the fires of black empowerment in the sixties as Malcolm, Martin, Stokely and H. Rap Brown. It was Booker T & The M.G.s, Stax session players who pioneered the transition from R&B to Soul music, that provided the soundtrack to Jules Dassin's "Uptight" (the first Hollywood produced black nationalist feature). This, I think, is an extraordinary testament to Atlantic's power and influence.

Crucial rites of passage in my life were often marked by an Atlantic recording. With the onset of puberty, came the discovery of the hypnotic, trance-like wonders of pot-smoking, and I quickly developed an affection for the proto-metal band, Iron Butterfly. The first time I dropped acid (four-way brown-dot blotter), Led Zeppelin was my co-pilot. To this day, I can't listen to "Dazed and Confused" without experiencing a cottony, metallic taste in my mouth. Even my first taste of sexual pleasure was accompanied by wine, pot and Coltrane.

My two most memorable Atlantic moments, though, happened while I still was a student in high school. The first

Mitchell-Ruff Duo war. Mitchell und Ruff gehörten zu den ersten amerikanischen Jazz-Musikern, die in der Sowjetunion auftreten durften. Dwight Mitchell, ehemaliger Pianist von Lionel Hampton, war häufiger Gast in unserem Haus und wurde zu einer Art Patenonkel für meine Schwester und mich.

Im zarten Alter von sechs Jahren hatte ich bereits alle bedeutenden Musiker der Bebop Ära auf der Bühne gesehen, so groß war die Jazz-Begeisterung meiner Eltern. Ich bin überzeugt, mein Vater hat insgeheim gehofft, dass auch ich eines Tages Jazzmusiker werden würde. Man sieht es schon an meinem Namen: Darius (Milhaud) Hayden (Haydn) James. Warum er sich das Schicksal eines armen Schluckers für mich gewünscht hat, bleibt mir allerdings ein Rätsel.

Im Alter von acht Jahren, konnte ich damit angeben, dass ich Romano Mussolini, Jazz-Gitarrist und Sohn des früheren italienischen Diktators, bei einem Jazz-Festival in Genua getroffen hatte. Im Sommer des selben Jahres lernte ich auch die legendäre zigarrenpaffende Bicktop in ihrem Bistro in Rom kennen. Sie war früher Chanteuse in der Noble Sisle Band.

Und schließlich, eine traurige Geschichte, war es der Wunsch meiner Mutter, bevor sie starb, dass zu ihrer Beerdigung „No Sun in Venice“, in einer Aufnahme des Mordern Jazz Quartett gespielt wurde.

Obwohl ich nicht die musikalische Laufbahn gewählt habe (Dwight [Mitchell] hat einmal versucht, mir Klavierspielen beizubringen, musste aber sehr schnell erkennen, dass ich keinerlei Talent besaß), ist mein besonderes Interesse an Jazz auf meine Erziehung und mein Elternhaus zurückzuführen. Und Jazz bedeutete Atlantic Records. Jazz war auch Blue

was in the men's room of a college outside of Boston. I was standing at a urinal, draining a cheap Californian jug-wine from my bladder, when I looked over. And, standing beside me, all done up in feathers and face paint, was the great New Orleans music-man and hoodoo hougan, Dr. John.

Needless to say, I was startled by his befeathered presence (though not quite as startled as I would be, two years later, when I shared the men's room in Ben Frank's with LA's glam-queens, The Cycle Sluts). Zipping the fly of my ragged jeans, mustering all the cool I knew, I told Dr. John I had bought his album "Gris-Gris" because I thought I was buying an album by Archie Shepp.

"Archie Shepp?!!" he exclaimed, grinning, his eyes lit brighter than a Chrismas tree. "I'm gonna tell Archie that when I see 'em next."

Still grinning, Dr. John reached into the side pocket of his pants, and withdrew a small bottle filled with a thick red liquid. Stamped on the label in fading blue ink was the image of a praying Madonna. I eyed it with suspicion.

"Jus' a little oil" he said. He pronounced it 'awl'.

"What kind of 'awl'?"

"You rub it on. It makes you smell good."

I accepted the bottle, not realizing it was my entry into America's invisible but omnipresent culture of Voodoo. The details of that story are not appropriate for these pages.

My second great Atlantic-related moment occurred during New Haven's first Duke Ellington Jazz Festival in nineteen seventy-four. The three-day festival, presented on the stage of Yale University's Woolsey Hall, featured the great names in

Note, Verve und Impulse, aber in der Hauptsache bedeutete es Atlantic.

Atlantic Records haben sich in mein Leben(und in das vieler anderer) in einer Art und Weise eingeschlichen, die mir überhaupt nicht bewusst war. Atlantic haben den Stax Sound (und damit Soul) in die Welt hinaus getragen. Es war die Musik mit der man diese Zeit verbindet, sie wurde zum Soundtrack einer Ära, wenn man so will. In den Sechzigern heizte Atlantic die Black Power-Bewegung genauso an wie Malcom, Martin, Stokley und Rap Brown. Die Stax Session-Musiker von Booker T. & The M.G's, wurden zu Pionieren des Soul, weil sie den Weg von R& B zur Soul-Musik ebneten. Die wiederum lieferte den Soundtrack zu Jules Dassins „Uptight" (dem ersten von Hollywood produzierten „Black Nationalist Film"). Das ist, denke ich, ein außergewöhnliches Beispiel für den Einfluss und die Macht, die Atlantic damals besaß.

Bestimmte einschneidende Erlebnisse in meinem Leben sind mit der Musik von Atlantic eng verbunden: Mit Beginn der Pubertät entdeckte ich die tranceartige, hypnotische Wunderwelt des Grasrauchens, woraus sich bald eine Vorliebe für die proto-metal Band Iron Butterfly entwickelte. Bei meinen ersten Trip (geviertelt auf braungetupftem Löschpapier) war Led-Zepplin mein Co-Pilot. Bis heute kann ich mir „Dazed and Confused" nicht anhören, ohne diesen watteweichen, metallischen Geschmack auf der Zunge zu wittern. Sogar meine erste Kostprobe von Sex wurde von Wein, Haschisch und Coltrane begleitet.

Zwei denkwürdige Atlantic-Episoden gehen auf meine High-School-Zeit zurück. Die erste ereignete sich auf der

Jazz: Duke Ellington and his Orchestra; Slam Stewart; Philly Jo Jones; Max Roach; Tony Williams and many more than my drug-addled memory can recall.

Each evening, resplendent in his signature white tux, Duke Ellington stood before the audience and, with studied elegance, opened with a brief introduction detailing the musical legacy of the performers on that night's bill. Upon his introduction's conclusion, he would immediately lead his orchestra through a rendition of "Take The A Train". Same thing. Every night. "Take The A Train". I take 7th Avenue line.

After each night's set of concerts, the dean of one of the numerous colleges on the Yale campus would throw a party for the musicians to unwind. I attended one such party. And found Charles Mingus lying on the floor in a drunken heap.

It's Charlie Mingus!! I thought. He wrote the theme song with that cool DUM-DUM-DUM bassline for Spiderman's cartoon show on TV!!!

Surrounding Mingus was a crowd of stuffy white academics and pretentious negroes, all of whom ignored his sprawling, whale-like presence. I didn't realize the man was drunk. I thought he was dead, having made that kind of discovery once before. So I leaned down, crouching low to the floor and checked his breathing. Mingus opened his eyes and said: "Where c'n I git me a chopped barbecque po'k sam'ich[1]?".

[1] Chopped Barbecque Pork. I was taught how to prepare this dish by my childhood neighbor Mr. Thomas "Toodlum" James [no blood relation] who was up f'um Souf' Kakalacky. In his recipe, the pork isn't actually barbecqued but pan roasted in the oven. First, spear a three-to-four pound pork shoulder with garlic, then dredge in salt, pepper and flour. Roast the shoulder in the oven until done. Take the roasted pork

Herrentoilette in einem College in der Nähe von Boston. Ich stand gerade vor einem Pissoir und leerte meine mit billigem kalifornischen Wein angefüllte Blase. Als ich mich umdrehe, sehe ich dicht neben mir, total aufgetakelt mit Federn und Gesichtsbemalung, den großen Musikmann und Hoodoo Hougan aus New Orleans, Dr John.

Es versteht sich von selbst, dass mich seine gefederte Erscheinung aus der Fassung brachte (noch geschockter war ich allerdings zwei Jahre später, als ich, wieder auf einer Herrentoilette, in Ben Frank's mit den Cycle Sluts, Glam-Queens aus L.A, zusammenstieß). Ich zog den Reißverschluss meiner zerlumpten Jeans hoch, tat so cool wie ich konnte und erzählte Dr. John, dass ich seine Platte „Gris-Gris" gekauft hätte, weil ich dachte, sie sei von Archie Shepp.

„Archie Shepp?!!" kreischte er. „Das muss ich Archie unbedingt erzählen, wenn ich ihn das nächste Mal sehe." Er grinste und seine Augen strahlten heller als ein Weihnachtsbaum.

Schließlich fuhr Dr. John, immer noch grinsend, mit der Hand in seine Hosentasche und brachte ein Fläschchen mit einer zähflüssigen roten Substanz zum Vorschein. Auf dem Etikett war in verblichener blauer Tinte eine betende Madonna zu sehen. Argwöhnisch beäugte ich das kleine Gefäß.

„Ist nur'n bisschen Öl", sagte er und sprach das Wort Öl „Öäl" aus.

„Aber was für ein Öäl?"

„Man verreibt es, und es riecht gut."

Ich nahm das Fläschchen an. Damals wusste ich nicht, das dies meine Eintrittskarte zu Amerikas unsichtbarer und den-

Those were the only intelligible words he said to me that night.

After guiding Mingus and his son, Charles III (a painter, playwright and all-round amazing mind), to a joint I knew far and away from Yale's ivy fortress, Mingus spent the remainder of the evening eating grease-soaked sandwiches and mumbling to himself in the backseat of a compact car, no doubt complaining about stuffy white academics and pretentious negroes.

Now that I've exposed myself as the gushing fanboy I really am, I won't waste any more time with my music-world misadventures, and get on with the real reason I'm here. And that's to introduce you, gentle reader, to the immortal groove that is Atlantic Records: *Home of the Shit*!

shoulder out the oven and peel off the outer layer of skin or rind. Drain the pork rind of excess grease on a paper towel until crisp (pork rinds make a dandy between meals snack, especially if you have pot-induced munchies). Carve off all of the roasted pork from the shoulder bone, placing pieces on a cutting board. Next, dice the slices of pork until shredded into bite-sized bits. After draining roasting pan of grease, put the mound of shredded pork back into the pan. Liberally sprinkle with red pepper. Add 1-2 cups of apple vinegar depending on the amount of pork. It should be just enough that the pork absorbs it like a sponge but not so much the pieces of pork are swimming in it. It should be moist and flavorful. Place in warm oven until ready to eat. Serve with pan-fried spoon cornbread; collard greens and Kale; and piquant potato salad (preferably prepared by elderly black church ladies). And 'f you want a sam'mich like Mingus, add two slices of Wonder bread.

noch allgegenwärtiger Voodoo-Kultur sein würde. Genauere Details würden den Rahmen unserer Geschichte sprengen.

Die zweite großartige Atlantic-Episode spielte sich während des ersten Duke Ellington-Jazz-Festivals in New Haven 1974 ab. Das dreitägige Festival fand in der Wollsey Hall der Yale University statt. Es war alles vertreten was Rang und Namen hatte: Duke Ellington und sein Orchester, Slam Stewart, Philly Jo Jones, Max Roach, Tony Williams und viele viele andere, die meinem armen drogenverdrehten Hirn entfallen sind.

Jeden Abend stand er da, Duke Ellington, elegant und strahlend im obligatorischen weißen Smoking, und begrüßte das Publikum mit einer kurzen Einführung in das musikalische Erbe der auftretenden Künstler. Danach spielte das Orchester „Take The A Train". So ging das jeden Abend. „Take The A Train". Ich nehme immer die 7th Avenue Line.

Der Dekan einer der vielen Colleges auf dem Campus von Yale gab nach jedem Konzert-Abend eine Party, damit die Musiker sich ein bisschen entspannen konnten. Auch ich ging zu einer dieser Partys und stieß dabei auf Charles Mingus, der dort – nur noch ein betrunkenes Häufchen Elend – auf dem Boden lag.

„Charlie Mingus!!" Es dämmerte mir. Das ist doch der, der diesen coolen DUM-DUM-DUM Basslauf für die Spiderman-Cartoons im Fernsehen geschrieben hat!!!

Eine Schar zimperlicher weißer Akademiker und hochnäsiger Neger stand locker um Mingus herum. Sie taten einfach so als würden sie gar nicht bemerken, dass er so da lag, wie ein gestrandeter Wal.

II.

Race Music

A brief, opinionated and not-exactly-thorough history

In the days before 'race music', what passed for a 'black' recording was precisely that: white performers 'passing' for black. Coon tunes were big sellers in the early years of the last century. White folks had to have their 'nigger music'. And, just like the cork-faced 'niggers' who performed it, the music was a total fiction (the irony, though, of minstrel show music is this: 1. The black blues player often appropriated songs heard on the black-faced circuit, played slight of hand with its content, imagery and meaning, then claimed the song as his own; thus subverting its original racist intents. 2. When blackface entertainment faded in popularity, its music was absorbed into Country Music [the really weird thing is, it all boomeranged back again. Even 'blind-as-Ray-Charles' Ray Charles could see that: "Those tunes got dark all over again – and in a hot hurry – when I got my hands on them!"]).

This situation changed in 1921 with Okeh Records, the first label in America to begin producing records solely for a black audience. The year before, Okeh had launched a series called "Original Race Recordings", and released what was promoted as the "first documented recording of a black female singer". The singer's name was Mamie Smith. And her recording proved so successful, alerting the label to the obvious fact black people bought records (*"Well, I'll be damned! Them hog's-eye-eatin' burrheads done figgered out how to turn a gramaphone's crank and make a record spin in circles!!"*), Okeh

Ich wusste nicht, dass dieser Mann betrunken war. Ich dachte, er sei tot, denn so etwas hatte ich schon einmal erlebt. Ich beugte mich also vor, ging in die Hocke und hörte, ob er noch atmete. In dem Moment öffnete Mingus seine Augen und sagte: „Wo bekomm' ich hier ein gebratenes Schweinesandwich [1]?"

Das waren die einzigen verständlichen Worte, die ich an jenem Abend von ihm zu hören bekam.

Ich führte Mingus und seinen Sohn Charles den Dritten (Maler, Stückeschreiber, rundum ein verblüffender Denker) in einen Laden, fernab von Yales elitären Mauern. Mingus verbrachte den Rest des Abends auf dem Rücksitz eines Kompaktautos, aß fetttriefende Sandwichs und murmelte so vor sich hin. Wahrscheinlich schimpfte er über zimperliche weiße Akademiker und hochnäsige Neger.

1 Chopped Barbecque Pork. Die Zubereitung dieses Gerichts, habe ich von Mr. Thomas „Toodlum" James, Nachbar aus Kindertagen, gelernt. (keine verwandtschaftlichen Beziehungen). Er kam aus Süd Kakalacky. Das Schweinefleisch wird hier nicht im eigentlichen Sinne gegrillt, sondern im Ofen gebacken. Zunächst nimmt man drei bis vier Pfund Schweinefleisch, aus der Schulter, bestreut es mit Salz, Pfeffer und Mehl und spickt es mit Knoblauch. Das Ganze kommt in den Ofen bis es gar ist. Dann alles wieder aus dem Ofen herausnehmen. Die Rinde, oder äußere Schicht, des Bratens ablösen und das überschüssige Fett abtropfen lassen, bis sie schön knusprig ist (Schweineschwarten sind eine prima Zwischenmahlzeit, besonders bei Haschischbedingten Fressattacken). Das übrige Fleisch vom Knochen trennen und in sehr kleine Würfel schneiden und zurück in den Bräter häufen. Nach Belieben mit roten Pfeffer würzen und mit 1-2 Tassen Apfelessig vermischen, richtet sich nach Menge des Schweinefleischs, es soll den Essig wie einen Schwamm aufsaugen, jedoch nicht darin schwimmen, es muss saftig und schmackhaft sein. Das Ganze kommt dann wieder in den warmen Ofen, bis Zeit zum Essen ist. Dazu reicht man Maisbrot aus der Pfanne, Blattkohl, Grünkohl und einen gut gewürzten Kartoffelsalat (den lässt man am besten von älteren schwarzen Kirchgängerinnen zubereiten). Und wenn man sein Sandwich wie Mingus mag, schiebt man das Schweinefleisch einfach zwischen zwei Scheiben Wonderbread.

recorded her again, this time singing "Crazy Blues", the first Blues song ever recorded. The success of Mamie Smith's rendition of "Crazy Blues" opened the market for other black musical performers like Louis Armstrong, King Oliver, Lonnie Johnson and Sippie Wallace, whom Okeh also recorded.

On the surface, it would appear that, for its time, Okeh, like Atlantic, one of the last of the independent record labels to specialize in and successfully market 'race music', was a socially and culturally progressive company. Further investigation reveals this wasn't neccessarily the case. Even with the diversity of authentic black talent available to them, Okeh continued to release cork-faced coon tunes as late as 1929 (one being "The Blues Singer From Alabam" co-authored by, eh hum, m'main man – Spencer Williams!).

A year later, 1922, Okeh was followed in the 'race record' field by the Black Swan label. Named after Elizabeth Taylor Greenfield, America's first black concert singer, Black Swan, founded by Harry Pace, was the first black-owned recording company in the U.S. As those two companies grew, Columbia, Paramount, Emerson, Pathe', and Victor cast a greedy eye in their direction; and decided, according to "On the Real Side", Mel Watkins' comprehensive and thoughtful study of African-American humor, to "test the race record market", introducing folks like "Bessie Smith, Fletcher Henderson, Ethel Waters, Alberta Hunter, 'Blind' Lemon Jefferson and Ida Cox".

"At first", Watkins writes, "'vaudeville blues songs formed the largest class of race records issued', but the industry quickly expanded and by the mid-twenties offered a wide

So, nachdem ich mich lange genug als der schwärmerische Fan dargestellt habe, der ich auch tatsächlich bin, will ich keine Zeit mehr mit meinen Missgeschicken aus der Welt der Musik verlieren und zum eigentlichen Thema kommen. Und das ist, verehrte Leserinnen und Leser, meine kleine Einführung in den unsterblichen Groove der Atlantic-Records berühmt gemacht hat. Atlantic-Records: „Home of the Shit"

II.
Race Musik
Eine kurze, subjektive und nicht sehr ausführliche Kulturgeschichte

Anfang des Zwanzigsten Jahrhunderts, in der Zeit vor „Race music", war das, was man als „schwarze" Tonaufnahmen ansah, genau das: weiße Musiker wurden als schwarze angesehen. Was dabei herauskam, wurde „Coon Tunes" genannt und verkaufte sich seinerzeit sehr gut. Die weißen Leute wollten ihre „nigger music" hören. Doch genauso wie die „cork-face nigger", die diese Lieder spielten, war auch ihre Musik reine Fiktion. (Die Ironie an der Minstrel-Show-Musik war folgende: 1. Es kam häufig vor, dass schwarze Bluesmusiker Stücke spielten, die sie im Black-Face-Milieu gehört hatten. Sie nahmen ein paar Änderungen vor, jonglierten ein wenig mit Inhalt und Symbolik und behaupteten, es wären ihre eigenen Kompositionen. Auf diese Weise verloren die Stücke ihre ursprünglich rassistische Intention. 2. Als die Black-Face-Unterhaltung an Popularität verlor, wurde die Musik von

variety of entertainment... Such divisions as Vocal Blues, Hot Dance, Sermons, and Novelties were established and included in catalogues". Watkins also notes that Paramount's purchase of Black Swan in 1924 "probably altered the course of race records more than historians care to admit... the Race record industry was almost exclusively controlled by whites. Internal censorship through selection of artists recorded and songs released undoubtedly reflected the biases of the owners."

"Race records were Blues, Gospel and Funk. It was the major companies that termed those recordings 'Race records'. They had different people like Mayo Williams and Clarence Williams, who worked for these major companies, who went out and recorded black artists for next to nothing. And they separated the music because white people were not buying black people's music. At least some of it. The Mills Brothers were not out as race music. Josephine Baker, whose records I listened to in the twenties when I was a kid, was not Race music. We all sang Josephine Baker songs. Duke Ellington's records were not considered race music. Certainly, at the time, Nat King Cole made recordings that weren't called Race records. It depended on what kind of music it was."

Ahmet Eretegun: "I don't know why they called it Race music. What could they say? Colored music? I didn't come to America until 1935. And the appellation for people of color has changed during my life in America. What was acceptable one year was not acceptable three years later. People were called colored or people were called Negro. Then there was whether you spelt Negro with a capital N or a small n. At the time, people didn't like being called black. There were

Country absorbiert [es gab diesen Boomerangeffekt, das ist das seltsame an der Sache. Sogar „Ein-Blinder-wie-Ray-Charles"-Ray Charles konnte das sehen: „Die Musik wurde wieder ganz und gar schwarz – schnell wie der Blitz, sobald ich meine Finger im Spiel hatte!"]).

All das änderte sich 1921 mit Okeh Records, dem ersten amerikanischen Label, das Platten ausschließlich für Schwarze produzierte. Ein Jahr zuvor hatte Okeh die Reihe „Original Race Recordings" auf den Markt gebracht und die „erste Tonaufnahme einer schwarzen Sängerin" lanciert. Die Sängerin war Mamie Smith und ihre Platte hatte so viel Erfolg, dass die Labelbetreiber erstaunt feststellen mussten – es gibt auch Schwarze, die Schallplatten kaufen („*Verdammt will ich sein! Diese Schweineaugen lutschenden Klettenköpfe haben doch tatsächlich herausgefunden, wie man eine Grammophonkurbel dreht und eine Scheibe kreisen lässt!!*") Okeh machte eine weitere Aufnahme mit Mamie Smith. Dieses Mal sang sie „Crazy Blues", der erste Blues, der jemals auf Schallplatte gebannt wurde. Der Erfolg, den Mamie Smith mit ihrer Interpretation von „Crazy Blues" hatte, öffnete die Pforten für andere Künstler wie Louie Armstrong, King Oliver, Lonnie Johnson und Sippie Wallace, die auch auf Okeh herauskommen sollten.

Auf den ersten Blick mag es so aussehen, als ob Okeh, genauso wie Atlantic, eine sozial engagierte und fortschrittliche Firma gewesen sei, eines der letzten unabhängigen Label, das sich auf „Race Musik" spezialisiert hatte und sie auch erfolgreich zu vermarkten wusste. Befasst man sich jedoch genauer mit Okehs Geschäftspolitik, stellt sich bald

different appellations: Sepia, Tan, Brown. Nowadays, people call it 'Black music'. You're the head of the 'Black Music' Department, right?"

As decribed in "Repeal of the Blues", there's the nightclub scene in thirties' Harlem. This was a time when "black or tan or 'yella'" patrons were not allowed entrance into "elegant" mob-controlled establishments known for its black and tan and 'yella' performers. Then, 'race mixing' occurred in "low down joints where dancers... wore no panties under their skirts... because at curtain time, instead of a bow, they had to snatch money from the ringsiders by first exposing themselves with a wide stance, and then, as a crisp bill was held against their crotch, clapping their thighs together and slowly slinking off with the money held between their lips" (this practice is now why a woman's vagina is sometimes refered to as a 'snatch'). This story suggests the history of Race music in America is as much about sex as it is about the history of race relations. After all, black music evolved freely in Old New Orleans; flourishing most in the Crescent City's brothels. Jazz derives its name from the 'jasper' women who worked there. Remember, too, New Orleans style Jazz spread throughout the rest of the country as a result of closing down that city's redlight district, Storyville, at the begining of WWI. There is also the story of how WWII effected the end of the big-band era, which led to the formation of small, "Jump Blues" dance combos, producing music Jerry Wexler would name "Rythmn & Blues".

Nor is there room in my allot space to examine the role of WWII's shellac shortage in the formation of independent

heraus, dass dies nicht unbedingt der Fall war. Obwohl ihnen jede Menge schwarze Talente zur Verfügung standen, brachten sie bis 1929 weiterhin ihre „cork-face coon-tunes" heraus (einer der Titel war „The Blues Singer From Alabam", dessen Co-Autor, tusch, der großartige Spencer Williams war)

1922, nur ein Jahr später, folgte das Black Swan Label dem Beispiel von Okeh auf dem Gebiet der „race-records". Benannt nach dem „schwarzen Schwan" Elizabeth Taylor Greenfield, Amerikas erster schwarzer Konzert-Sängerin, und gegründet von Harry Pace, war Black Swan auch die erste „schwarze" Plattenfirma der U.S.A. Beide Firmen wurden größer und Columbia, Paramount, Emerson, Pathe' und Victor hatten bald ihre habgierigen Blicke auf sie geworfen. Man beschloss, den Race-Record-Markt einem Test zu unterziehen" und begann Leute wie „Bessie Smith, Fletscher Henderson, Ethel Waters, Alberta Hunter, Blind Lemon Jefferson und Ida Cox" zu lancieren. „On the Real Side", eine aufschlussreiche und umfassende Untersuchung von Mel Watkins über afro-amerikanischen Humor gibt darüber Auskunft:

Zuerst nahmen, laut Watkins „Vaudeville Bluesstücke den größten Platz unter den Race Records ein. Doch die Plattenindustrie expandierte schnell und bot Mitte der 20iger Jahre bereits ein breites Unterhaltungsspektrum... Sparten wie Vocal Blues, Hot Dance, Predigen und Novelty-Schlager etablierten sich und wurden in das Programm aufgenommen." Watkins erwähnt auch, dass der Verkauf von Black Swan an Paramount 1924 „die Entwicklung der Race Records stärker beeinflusst hat, als es die Historiker zugeben mögen...die Race

record labels, the major labels neglect of the 'Race market' as a result of this shortage and the related question posed by bewildered filmmaker, Arthur Jafar, at the 1997 Vibe Music Seminar:

"Who decided records should be black? Records could've been any color – red, blue, yellow – but someone decided the industry standard was going to be black! It was as if they decided to steal the souls of black folks and enjoy the genius of black creativity without the actual physical presence of black people!"

I am going to steal space, however, to contradict a cheesebrained film producer for Cleveland's Rock'n'Roll Hall of Fame I once met with to discuss a gig scripting a series of short films for the museum: Rock'n'Roll's evolution does not leap frog from blues man Robert Johnson and his crossroads deal with the sulphorous stinky-one to Bill Haley and his silly ass "Rock-Around-The-Clock". If the reverse were true, it would imply that a black man damned his soul so the whyte man could invent Rock'n'Roll!!

I ain't goin' for the 'lone gunman theory'. And I ain't goin' for that!

On the other hand, this same producer didn't buy my theory that the roots of Rock'n'Roll ran deep in the soil of Southern Black Gay culture (What? You thought the queer presence in rock started with Jagger's androgynous pose? Or with London's glitter scene in the seventies? No. There's a tradition of black gay cabaret going back to at least the thirties. In fact, Atlantic has a stake in that history, too. "One Mint Julep" by The Clovers was the song Esquerita taught Little Richard to play on piano). That, too, is a part of the story.

Record-Industrie war nun fast ausschließlich in den Händen von Weißen und interne Zensur durch Auswahl der Künstler und Stücke, die man herausbrachte, reflektiert ganz eindeutig die Einstellung der Verantwortlichen... Race Records, das bedeutete Blues, Gospel und Funk. Es waren die Major-Labels, die die Aufnahmen „Race Records" nannten. Sie beschäftigen Leute wie Mayo Williams und Clarence Williams, die mit schwarzen Künstlern ins Studio gingen und ihnen so gut wie nichts dafür bezahlten. Und sie nahmen Klassifizierungen vor, weil die Weißen keine schwarze Musik kauften. Es gab natürlich auch Ausnahmen. Die Mills Brothers wurden zum Beispiel nicht als Race Music auf den Markt gebracht. Auch Josephine Baker, deren Platten ich als Kind in den 20er Jahren hörte, fiel nicht in diese Rubrik. Wir alle sangen Josephine Baker-Lieder. Duke Ellingtons Platten wurden auch nicht als Race Music eingestuft und natürlich auch nicht die Aufnahmen von Nat King Cole. Es kam auf den Musikstil an."

Ahmet Eretegun: „Ich weiß nicht warum man es Race Music nannte. Wie hätten sie es nennen sollen? Farbige Musik? Ich kam erst 1935 nach Amerika. Und die korrekte Bezeichnung für Menschen mit dunkler Hautfarbe, hat sich immer wieder geändert. Was in dem einen Jahr akzeptiert wurde, war drei Jahre später inakzeptabel. Man nannte die Leute Farbige oder man nannte sie Neger. Dann ging es darum, ob man Neger mit großem N oder kleinem n schrieb. Damals wollten die Leute nicht ‚schwarz' genannt werden. Es gab die unterschiedlichsten Abstufungen: Sepia, gebräunt, braun. Heute nennt man es ‚schwarze Musik'. Du bist der Chef der Abteilung für ‚schwarze Musik', stimmt's?"

As I said earlier, the history of "Race music" is as much about the history of "sex" in America as it is about "race". And the discussion always gets confused by questions of proprietorship. Who owns what? And whose story is it?

In the end, who cares?

Like Dr. John said, "Once you play the music, it's in the air, and belongs to everybody."

III.

I began talks with Ahmet Eretegun in early October of '97. Our talks lasted for a period of three weeks.

Two to four days a week, depending on Ahmet's busy, jet-setter's schedule, I would go to the Atlantic building on Sixth Avenue, ride up in the elevator and meet with him in his office for sessions lasting four to six hours at a stretch.

In the reception area, I would be greeted by Frances and Layla, Ahmet's two personal secretaries, who would escort us to the door of his office. Ahmet would be on the telephone, with his back to us, staring out the window overlooking Manhattan's expansive midtown skyline. I would wait until he swiveled his chair in my direction, acknowledging my presence with a nod. He'd then wave me to a corner table set with platters of sandwiches prepared by Robert, the company chef, and return to his phone call.

On one occasion, while noshing thick slices of pastrami on rye, I overheard Ahmet talking to this fourteen year old kid. The kid had mailed Ahmet a demo of rap songs laid down on a four track in his basement. Apparently, chatting with

In „Repeal of the Blues" gibt es eine Nachtclub-Szene, die im Harlem der 30iger Jahre spielt.

Damals blieb den „schwarzen, gebräunten oder gelben" Gästen der Eintritt in die „eleganten" Mafia-kontrollierten Etablissements verwehrt, obwohl dort hauptsächlich „schwarze, gebräunte oder gelbe" Künstler auftraten. „In den weniger eleganten, miesen Läden kam es zur ‚Rassenvermischung'. Dort gab es Tänzerinnen... die keine Höschen unter ihren Röcken trugen... weil sie nach der Show, anstatt sich zu verbeugen, Geld von den Leuten im Rang ‚abgreifen' mussten. Dafür stellten sie sich zunächst breitbeinig auf die Bühne, sobald ein zusammengerollter Geldschein an ihren Unterleib gehalten wurde, ließen sie ihre Schenkel zuschnappen und schlichen langsam mit dem Geld davon, dass sie mit ihren Lippen festhielten" (hier wird deutlich, warum die weibliche Vagina auch „Griff" (snatch) genannt wird). Das Beispiel zeigt, dass die Geschichte der „Race Music" in Amerika auch die Geschichte der Rassenbeziehungen ist, und dass es dabei sehr oft um Sex ging.

In Old New Orleans und besonders in den Bordellen von Crescent City, konnte sich Schwarze Musik schließlich frei entfalten und erlebte eine wahre Blütezeit. Die Bezeichnung „Jazz" stammt von den sogenannten „Jasper" Frauen, die sich dort prostituierten. Und als Anfang des Ersten Weltkriegs Storyville, das Rotlichtviertel von New Orleans, geschlossen wurde, breitete sich diese Jazz-Richtung in ganz Amerika aus.

Der zweite Weltkrieg brachte dann das Ende der Big Band-Ära mit sich. Als Folge davon formierten sich kleinere „Jump

fourteen year olds about their four-track demos was not an unusual thing for him to do.

"This sucks!" he told the kid. "This sucks! And this sucks! But I like this. I think we can do something..."

Surprised, I asked Ahmet why he bothered to take the time. Wasn't that what A&R guys were paid to do?

Ahmet answered by saying direct and personal involvement was how he did it in the begining, it was the key to his company's success and he saw no reason why he should change his approach now.

I also believe he did it because the nature of this exchange put him back in touch with his roots in the music business and his deeper connection to American culture. For underneath his much-written-about air of corporate solemnity, worldly-wise sophistication and urbane charm is a straight-up, old-time ditty bop .

(For those not-in-the-know, a ditty bop is an early breed of Modern American Hipster. It's an old school cool, emerging in the late 1940s with a style represented best by cats like Lester Young and Dizzy Gillespie. A ditty bop was not a musician per se but rather an appreciator of the music as well as a appreciator of the social and satorial style of the forerunners of Bop. Ahmet Eretegun is among the last of that kind).

Ahmet confirmed his allegiance to this old-school cool during a discussion of his compositions for Ray Charles.

"What instruments do you play?" I asked.

"I don't play any instruments," he answered.

"So how did you write songs if you couldn't play an instrument?"

Blues"-Tanz-Combos, die eine Musik spielten, die Jerry Wexler „Rhythm & Blues" genannt haben würde.

Es gibt viele Fragen, die in diesen Zusammenhang nicht beantwortet werden können, wie zum Beispiel die Schellack-Knappheit während des Zweiten Weltkriegs und ihre Auswirkung auf die Gründung von unabhängigen Plattenlabels, oder die Vernachlässigung der Race Music seitens der Major Labels in Folge dieser Knappheit. Auch die Frage von Arthur Jaffe, einem verstörten Filmemacher, der 1997 am Vibe Music-Seminars teilnahm, kann hier nicht geklärt werden:

„Wer hat eigentlich beschlossen, dass Schallplatten schwarz sein sollen? Sie hätten doch alles sein können – rot, blau, gelb – aber irgendwer hat beschlossen, dass die Industrie-Norm schwarz ist! Als ob man die Seele der Schwarzen stehlen und sich am Genie ihrer Kreativität erfreuen wollte, ohne dass die Schwarzen selbst präsent sind!"

Trotzdem will ich ein wenig Platz herausschlagen, um an dieser Stelle einer äußerst beschränkten Filmproduzentin vom Rock'n'Roll Hall of Fame in Cleveland zu widersprechen. Die Begegnung mit ihr kam zustande, weil ich Drehbücher für eine Reihe von Kurzfilmen für das Museum schreiben sollte: Nein, Rock'n'Roll machte keinen Bocksprung vom Blues-Mann Robert Johnson und seinem Deal mit dem Schwefel-Stinker an der Kreuzung zu Bill Haleys albernem „Rock-Around-The-Clock." Denn das hieße ja, dass ein schwarzer Mann seine Seele verkauft hätte, damit ein weißer Mann den Rock'n'Roll erfinden konnte.

Ich glaube nicht an die „Theorie vom einsamen Heckenschützen". Und an diese Geschichte glaube ich erst recht nicht!

"Most songwriters couldn't," he said. "Most of the guys used to bring in songs and..."

Suddenly, as his old, pouched eyes beamed with joy, Ahmet hummed a sped-up blues groan, popping the palms of his hands together in a syncopated, "hot jazz" rhythmn, bobbing his bald pate on the beat. His knee pumped up and down as the toe of his tassled shoe tapped against the floor.

What first leapt to my mind was a line of junk-sick Times Square smackers queued outside the door of Atlantic's old 56th Street office in the Jefferson Hotel. "Hey Ahmet, baby, dig this! It's a no-shit-sure-fire-hit! And you can buy it for two dollars! Get me straight!"

More importantly, his demonstration of the song peddler's sales method of fifty years ago, revealed his connection to those basic elements which define the vocabulary of pop culture in America – the old Tin Pan Alley songsters, the entertainers of the chitt'lin' circuit and the vaudeville stage, the sawdust-covered grounds of the medicine sideshow, the forbidden rooms of music played after dark.

But it was while identifying some figures posed in a photograph, Ahmet's finger poppin' hipsterhood was driven home. He pointed at one and said:

"That's Milton Mezzrow."

Hmmmmm...

According to Jill Jones' "Hep-Cats, Narcs And Pipe Dreams", Milton Mezzrow, a white man, introduced black people in Harlem to pot smoking. Jones claims that before the Wall Street Crash of 1929, pot smoking was "virtually

Andererseits glaubte mir diese Filmproduzentin auch nicht, dass die Wurzeln des Rock'n'Roll tief in der Kultur der schwulen Schwarzen aus dem Süden begraben liegen. (Was? Sie dachten, dass erst Jaggers androgyne Posen, das Schwule in den Rock brachte? Falsch. Es gibt eine Tradition im schwarzen Schwulen-Kabarett, die weit in die 30er Jahre zurück reicht. Auch Atlantic hatte seinen Anteil daran. „One Mint Julep" von den Clovers ist ein Stück, dass Esquerita Little Richard auf dem Klavier beigebracht hatte. Auch das ist Teil der Musikgeschichte. Wie ich bereits erwähnte, ist das Phänomen „Race Music" in Amerika eng mit der Geschichte der „Rassen" und des „Sex" verbunden. Und in der Diskussion geht es immer wieder um die Frage des „Urheberrechts". Wem gehört was und wessen Story ist es?

Doch wen interessiert das am Ende noch?

Wie Dr. John es sagte, „Man spielt die Musik, sie ist in der Luft und gehört allen."

III.

Meine Gespräche mit Ahmet Eretegun begannen Anfang Oktober 1997 und dauerten drei Wochen.

Zwei oder drei mal in der Woche, das hing ganz von Ahmets ausgefülltem Jet Set-Zeitplan ab, lief ich zum Atlantic-Gebäude in der 6th Avenue und fuhr mit dem Fahrstuhl in sein Büro. Unsere Sitzungen gingen ohne Unterbrechung über vier bis sechs Stunden.

An der Rezeption wurde ich von Frances und Layla, Ahmets persönlichen Sekretärinnen, begrüßt und zur Tür

unknown in the north outside Jazz musician circles" until Mezzrow showed up with his high-grade Mexican pot in Harlem, dealing and straightening out luminaries like Lionel Hampton and Louie Armstrong. It was "Pops" Armstrong who nicknamed great pot "the mezz" .

However, this wasn't how my Pops remembered it. He grew up in Harlem in the thirties and forties and knew a little something about puffin' som' gage. He once said the funnel-shaped joint Mezzrow distributed was called a "sidewinder". It was doubtful Mezzrow introduced pot to Harlem. "Too many Jamaicans," my Pops said.

"Now", I thought to myself, "if this old goateed muthafucka knew the 'Mezz', he musta been into som' shit." So I asked:

"You knew 'Mezz' Mezzrow?!!"

Ahmet looked up from the photograph I had laid before him and stared at me in curiosity. He seemed as surprised by my familiarity with Mezzrow as I was with his.

"Mezzrow was a great friend of ours," he said finally. "He was a character. They used to call grass the 'Mezz' for him you know."

"He smoked marijuana, purveyed it for other people and gave it to a lot of other musicians. I once asked Lionel Hampton,'Why did you have him on that date?' And Lionel said, 'Maan! He brought the shit!'".

Ahmet explained that although Mezzrow came from a family of European Jewish immigrants, he was as "down home" as a white person could get. "Mezzrow," he said, "wanted to live a totally hip black life."

seines Büros begleitet. Ahmet saß mit dem Rücken zu mir und telefonierte. Dabei blickte er aus dem Fenster und betrachtete die ausgedehnte Skyline von Midtown Manhattan. Ich wartete, bis er sich umdrehte und mir mit einem Nicken zu erkennen gab, dass er mein Eintreffen bemerkt hatte. Dann winkte er mich zu einem Tisch voller Sandwiches, die von Robert, dem Koch der Firma, zubereitet worden waren.

Bei einer dieser Sitzungen, ich ließ mir gerade ein dickes Pastrami-Roggenbrot schmecken, hörte ich, wie Ahmet mit einem vierzehnjährigen Jungen telefonierte. Es ging um ein Demotape mit Rap-Stücken, das der Junge auf einem Vierspurgerät in seinem Keller aufgenommen und an Atlantic geschickt hatte. Für Ahmet schien es offenbar nichts Besonderes zu sein, mit Vierzehnjährigen über ihre selbst gebastelten Vierspuraufnahmen zu plaudern.

„Das ist Mist!" sagte er zu dem Jungen. „Das ist Mist! Und das ist auch Mist! Aber das hier gefällt mir. Damit könnten wir was anfangen..."

Erstaunt fragte ich, warum er sich um solche Sachen kümmert, wurden dafür nicht die A&R-Leute bezahlt?

Doch Ahmet erklärte mir, dass für ihn persönliches Engagement von Anfang an wichtig gewesen sei. Es sei der Schlüssel zum Erfolg der Firma und er sähe keinen Grund, warum er sein Herangehen ändern sollte.

Ich denke, er engagiert sich so direkt und persönlich, weil er die enge Verbindung mit dem Musikgeschäft und der amerikanischen Kultur aufrecht erhalten will. Denn unter der Schale seiner so viel beschworenen Geschäftstüchtigkeit, dem weltgewandtem und urbanem Charme kommt der

His last statement sounded like a reversal of the old joke about the black man who goes to the Rabbi and says he wants to be a Jew. And the Rabbi says "Don't you have enough problems?"

So I had to ask why? I mean, really, wha's up wit' dat?!!

"To us," he said, "everything black was hip and everything white was square. That's how most Jazz musicians felt. Even in the south, during the days of segregation."

"Lester Young was the epitome of cool," Ahmet explained. "We didn't call it that in those days, but that's what he was. He was natural. He wasn't trying to be hip. It became hip because he was doing it. All the kids wanted to act, walk and talk like the hip musicians they idolized. We all used to do a thing called Rhyming Harlem Jive. People made up little rhymes in the way they talked. It was a hidden language. Louis Jordan did a little bit of that. Harry the Hipster, who was white, did some. It was like the dozens. Those long dirty poems that were part of Negro culture. You know: 'your siser is buzzin' an yo' mama do the lordy lord!'."

"So when Lester Young toured the East Coast with Count Basie's band, suddenly all over, in every American city, white saxophone players were holding their saxophones sideways like Prez. Every city had three or four guys who played like Lester Young."

"I used to come from Washington to New York to hear Jazz. One night, I ran into Les Paul. In a bar where all the musicians hung out, there was this funny little cat named Herman Rosenberg, who was an agent. Herman Rosenberg was like a walking address book and encyclopedia of

altmodische, aufrechte Ditty Bopper immer wieder zum Vorschein.

(Für diejenigen, die es nicht wissen, ein Ditty Bopper ist eine frühe Form des modernen amerikanischen Hipster, eine Old School-Coolnes, die in den späten 40iger Jahren aufkam, mit einem Stil, den Cats wie Lester Young und Dizzy Gillespie am besten repräsentierten. Mit Ditty Bopper sind nicht Musiker per se gemeint, sondern Fans, die die extravagante Kleidung und den Lebensstil dieser Musik-Kultur schätzten. Sie sind Vorläufer der Bopper und Ahmet Eretegun ist einer der letzten Vertreter dieser Kultur.)

Während unseres Gesprächs über seine Kompositionen für Ray Charles,, wurde Ahmets Verbundenheit mit dieser Old School-Coolnes ganz deutlich.

„Welche Instrumente spielen Sie?“ fragte ich ihn.

„Ich spiele gar kein Instrument“, war seine Antwort.

„Und wie haben dann Sie Stücke geschrieben?“

„Die meisten Stückeschreiber beherrschten kein Instrument“, sagte er. „Meistens kamen die Leute mit einer Melodie an und...“

Plötzlich strahlten seine alten Augen vor Freude und Ahmet begann einen flotten Blues zu summen. Er klatschte einen synkopischen „Hot Jazz“-Rhythmus, wippte mit seinem kahlen Schädel, tappte mit der Fußspitze im Takt und ließ die Troddeln seiner Schuhe tanzen.

Mir kam sofort ein Bild in den Sinn: Junkies vom Times Square, die vor der Tür des alten Büros von Atlantic Records im Jefferson Hotel in der 56igsten Straße warteten und ihre Sprüche klopften. „Hey Ahmet, Baby, hör dir das an! Dieser

musicians. He knew everybody who was playing, like third saxophone in what band. And he knew where everybody was and so on. Les Paul wanted to hear Lester Young. So Herman Rosenberg said 'I'll take you there'."

"We went up to a place in Harlem called The Club Lido. Lester Young was playing with a little quartet. Les Paul sat in. It was one of those moments, just wandering around just trying to find the important cats."

Another person Ahmet said "who tried to live the black life" was Dianne Carol's one-time spouse, Monte Kaye.

"I met Monte Kay on 52nd Street in the late thirties or early forties. He was up and down 52nd Street, uh, dealing."

"We'd be standing around on the sidewalk with Billy Eckstein, or with some of the guys in the band between sets. The cops would come by and tell you no loitering. So we'd walk up to this bar on Sixth Avenue called The Three Roses. We'd go there and have a drink for fifteen cents. Beer was a nickel. It cost a dollar in the club."

"Now, Monte Kaye was very hip. Very cool. He would never listen to Mezz Mezrow and the type of black life he was talking about. It was not the kind of black life Monte was interested in. He was interested in the dincty (yes, you read correctly, Ahmet Eretegun used the word 'dincty' – ed.), elegant and very sophisticated black life. He liked Charlie Parker, Count Basie, Duke Ellington. You see, there are so many different levels of black music and black life."

The white hipster's emersion into what Ahmet termed 'the black life', and their attempt to replicate the psyche and art of the black musician, could be interpretated, by some readers, as

Hit ist ohne-Scheiß-brandheiß! Und du kannst ihn haben, für zwei Dollar! Damit wir uns richtig verstehen!"

Ahmet erzählte mir, wie das Musikgeschäft vor fünfzig Jahren aussah und die Leute versuchten, ihre Songs an den Mann zu bringen. Für mich ein weiterer Beweis für seine Verbundenheit mit den Grundelementen der Popkultur in Amerika und ihrem Vokabular – die alten Tin Pan Alley-Sänger, die Entertainer des Chitt'lin Circuit und der Vaudeville Bühnen, der mit Sägemehl bedeckte Boden der Medicine Sideshows und die verbotenen nächtlichen Konzerte.

Als wir dann Fotos durchsahen und nach bestimmten Personen suchten, hielt Ahmet, der fingerschnippende Hipster, auf einmal inne. Er zeigte auf einen Mann und sagte:

„Das ist Milton Mezzrow."

Hmmmmm...

Laut Jill Jones, dem Autor von „Hep-Cats, Narcs And Pipe Dreams", handelte es sich bei Milton Mezzrow um einen Weißen, der den Schwarzen von Harlem das Gras-Rauchen beigebracht hatte. Jones behauptet, dass vor dem Börsenkrach von 1929, Haschisch, „außer in Jazz-Musiker-Kreisen, im Norden von Manhattan" praktisch unbekannt war. Bis Mezzrow mit seinem hochwertigen mexikanischen Gras auftauchte, es an Koryphäen wie Lionel Hampton und Louie Armstrong verkaufte und sie auf die „richtige Bahn" brachte. Gutes Gras erhielt von „Papa" Armstrong fortan den Ehrentitel „the mezz".

Wie dem auch sei, von meinem Papa kenne ich eine andere Version der Geschichte. Er, der in den dreißiger und vierziger Jahren in Harlem gelebt hatte, weiß übers Kiffen ein wenig

more of the 'Samo Samo' – a displacement of American culture's authentic black presence ("It was as if they decided to steal the souls of black folks and enjoy the genius of black creativity without the actual physical presence of black people in their homes!") – the same impulse that led to the public's perception of Tommy Dorsey as the King of Swing, Elvis Presley as the King of Rock'n'Roll and Tarzan as the King of Jungle. But Ahmet didn't make those claims. He said:

"Everything black was hip and everything white was square."

That's an extraordinary statement for the head of a huge corporation. What would motivate him to say that? The answer, I believe, lies in two early recollections.

"At the age of two," he said, "I left Turkey when my father had taken up residency in Geneva to become Ambassador to Switzerland; and, then, later, to act as a judge at the Court of the Hague.

Although my circumstances at school were not comparable to the experiences of black Americans, I did receive a glimmer of what life must be like for them. At that time, the Turks were generally regarded as 'the blacks' of Europe."

The second concerns those first concerts he and his brother Neshui staged in Washington, D.C. "They didn't allow mixed audiences in Washington," Ahmet explained. "Black people were not allowed in the downtown or white movie theaters. The only place Blacks were allowed in was the Gaiety Burlesque Theater, but they could only sit in the balcony. The whites sat downstairs. The travelling burlesque had one black troop with black burlesque comedians like Pigmeat Markham

Bescheid. Die röhrenförmigen Joints, die Mezzrow damals verteilte, wurden Sidewinder genannt. Es ist unwahrscheinlich, dass es Mezzrow war, der das Haschisch nach Harlem gebracht hat. „Zu viele Jamaikaner", meint mein Papa.

‚Nun denn, dachte ich, wenn der alte ziegenbärtige Motherfucker den großen ‚Mezz' kannte, hatte er doch auch was mit der ganzen Scheiße zu tun. Also fragte ich:

„Sie kannten ‚Mezz' Mezzrow?!!"

Ahmet sah von den Fotos auf und blickte mich erstaunt an. Er schien genauso überrascht über meine Vertrautheit mit Mezzrow wie ich über seine.

„Mezzrow war ein sehr guter Freund", sagte er schließlich. „Er war eine Persönlichkeit. Wissen Sie, Gras wurde damals nach ihm ‚the mezz' benannt. Er rauchte Marihuana, belieferte die Leute damit und gab es vielen Musikern. Ich fragte einmal Lionel Hampton, ‚Warum hast du ihn eingeladen?' Und Lionel antwortete, ‚Maann! Er hat Shit mitgebracht!'"

Ahmet erklärte, dass Mezzrow zwar Sohn europäischer jüdischer Einwanderer war, aber so down home, wie ein Weißer nur sein konnte. „Mezzrow", sagte er „wollte hip sein, wie die Schwarzen." Das klingt wie die Umkehrung eines alten Witzes, in dem ein Schwarzer zu einem Rabbi geht und sagt, dass er gerne Jude werden möchte und der Rabbi antwortet „Hast du nicht genug Probleme?"

„Aber warum?" fragte ich, „Ich meine was steckt dahinter?!!!"

„Für uns", sagte Ahmet, „war alles schwarze hip und alles weiße spießig. Das fanden auch die meisten Jazz-Musiker, sogar im Süden zur Zeit der Rassentrennung."

and Dusty Fletcher. So, we had the first Jazz concert, or concert of any kind, which had a mixed band on stage and a mixed black and white audience in Washington."

"We had a lot of trouble in Washington finding a place. The first concert was at the Jewish Community Center. That was the only place that would allow mixed audiences and mixed bands on stage."

"For that first show, we hired Willie Bryant to be the MC. They used to call Willie Bryant the Mayor of Harlem. He was a tall, light-skinned, very good looking man. He was six foot two, at least. Maybe more, six foot four. He had been on stage as a very young teenager. He was in Mambo's Daughters, a play on Broadway. It was one of the first important plays with Ethel Waters. But after that, in the early 1930s, he couldn't get another part. So he became a Swing band leader and used to do an imitation of Cab Calloway. That was the only thing a black performer could do then because it was the Swing era. He had a really good band with some very famous musicians in it. He himself was not a musician and the band did not become very famous, although they made quite a few records."

"After that, the National Press Club let us use their auditorium. Huey Ledbelly sang at the first concert we gave in the National Press Club. When he saw the crowd, he said: 'Man, you gotta give me double the price otherwise I'm not going on!'"

Though Ahmet would not make the following claim for himself, he would, instead, say that he and his brother presented these shows "for the love of the music", it's obvious by staging these events, and exploiting the "'extra-territorial

„Lester Young war der Inbegriff von cool", fuhr Ahmet fort. „Wir nannten es damals nicht so, aber das ist genau das, was er war. Es steckte einfach in ihm. Er hat nicht versucht hip zu sein. Was immer er tat, es war hip. Jeder wollte Benehmen, Sprache und Gang der coolen, angesagten Musiker imitieren. Es gab da zum Beispiel diesen Rhyming Harlem Jive. Die Leute machten alle kleine Verse, die sich reimten. Es war so eine Art Geheimsprache – Louis Jordan hat ein bisschen damit rumgespielt und auch Harry the Hipster, der weiß war, machte ein paar Reime, – so ähnlich wie the dozens, diese langen dreckigen Gedichte, die Bestandteil der Negerkultur waren. Sie wissen schon: ‚Deine Schwester schwirrt durch die Gegend und deine Mutter macht Gott-weiß-was!'

Als Lester Young mit Count Basies Band an der Ostküste auf Tour ging, gab es plötzlich überall, in jeder amerikanischen Stadt, Saxophon-Spieler, die ihr Instrument seitlich hielten wie Prez. In jeder Stadt waren drei oder vier Burschen, die wie Lester Young spielten.

Ich kam damals, um Jazz zu hören, extra von Washington nach New York. Eines Abends, traf ich zufällig Les Paul in einer Bar, die hauptsächlich von Musikern frequentiert wurde. Da war dieser lustige kleine Bursche mit Namen Herman Rosenberg, der als Agent fungierte. Herman Rosenberg war wandelndes Adressbuch und Musiker-Enzyklopädie in einem. Er kannte jeden, wie zum Beispiel das dritte Saxophon in der und der Band. Und er wusste auch, wo sie alle steckten und so weiter. Les Paul wollte jedenfalls Lester Young spielen hören und Herman Rosenberg sagte: ‚Ich bringe dich hin.'

situation' offered by the Embassy", he and his family were serving a progressive social agenda.

What these stories imply, rather than the 'displacement' of the black body and psyche, is that the early white hipster pose was a counter-response to white supremacy. It was an anti-racist position, an index finger up the rectum of a morally corrupt, white-ruled social order.

Atlantic's early cultivation of black musical artistry was not simply about marketing and money, it was also about the preservation of a culture and the acceptance of a people.

"They segregated everything," Ahmet said, "but they couldn't segregate the radio dial. The white kid could just turn it on, go a couple of steps to the right and hit the black music station. That's how Elvis Presley was born."

In the end, Ahmet was a pretty cool dude. Turned out he loved him som' collards, too. "I love greens!" he enthused. "I love ribs! I eat all that shit!"

Ahmet made one claim, though, I thought was pretty fuckin' weird. He said Glen Campbell sounded like a black man when he played Blues guitar.

So I slipped a CD in the box behind his desk and asked him to identify the singer. He listened for a few moments and grumbled:

"Sounds like a Hillbilly singer. Who is this?!!"

"Emmett Miller," I answered.

"Who's that?"

"The last of the old-time minstrel singers."

"I can dig it. The guy's a white man. Horrible playing."

I handed Ahmet the sleeve of the CD. He read the names

Wir fuhren also nach Harlem in einen Laden der The Club Lido genannt wurde. Lester Young spielte dort mit einem Quartet. Les Paul nahm Platz. Es war einer dieser Abende, herumgeistern, um die wichtigen Cats zu treffen."

Ein anderer, „der wie die Schwarzen leben wollte", sagte Ahmet, „war Dianne Carols ehemaliger Gatte, Monte Kaye.

Ich traf Monte Kay in den später Dreißigern oder frühen Vierzigern. Er lief auf der 52ten Straße immer rauf und runter, uh, und dealte.

Zwischen den Sets standen wir auf dem Bürgersteig herum mit Billy Eckstein, oder einigen Jungs aus der Band. Die Polizei kam vorbei und sagte, ‚herumlungern verboten'. Also liefen wir zu dieser Bar in der Sechsten Straße, die The Three Roses hieß. Da gingen wir oft hin und nahmen einen Drink für fünfzehn Cents. Bier kostete fünf Cents, im Club einen Dollar.

Also, Monte Kaye war wirklich hip, sehr cool. Mezz Mezzrows Interpretation von schwarzem Lebensstil reizte ihn nicht. Monte hatte seine eigenen Vorstellungen davon. Er interessierte sich für den überheblichen (ja, richtig gelesen, Ahmet benutzte den Ausdruck überheblich) eleganten und sehr mondänen schwarzen Lebensstil. Er mochte Charlie Parker, Count Basie, Duke Ellington. Sehen Sie, es gibt so viele verschiedene Arten von schwarzer Musik und schwarzem Lebensstil."

Dass die weißen Hipster, wie Ahmet erzählte, versuchten Lebensweise, Geisteshaltung und Stil der schwarzen Musiker zu imitieren, könnte von manchen Lesern als „Samo Samo" interpretiert werden – die Verdrängung der Schwarzen aus der amerikanischen Kultur (als ob man die Seele der Schwarzen

of the musicians listed inside. "Can you imagine?" he said, suprised. "That's Tommy Dorsey on Trombone and Jimmy Dorsey on clarinet. Eddie Lane, great guitar player. They played corny on purpose."

"These are all good players. These were serious Jazz players at that time. Tommy Dorsey was a powerful trombone player. Tommy and Jimmy Dorsey both had big bands. But Eddie Lane and Joe Venuti were the guitar players. They were the stars of the Paul Whiteman band. That's very interesting. It sounded to me like the way they sang the old St. Louis Blues songs, like a Country singer. They were very corny."

Then Ahmet dropped the bomb.

"There's a story about Louis Armstrong," he began. "Milt Gabler was recording him in 1942, '43. They were redoing his theme song 'Dear Old Southland'. And there's a line in it that says 'darkies humming soft and low'. They sang it, Gabler stopped the recording and said, 'You can't say 'darkies' anymore'. And Louie Armstrong says, 'Well, if you're not going to call them 'darkies', what are you going to call them?'"

That put my black ass in check.

stehlen und sich am Genie ihrer Kreativität erfreuen wollte, ohne dass die Schwarzen selbst präsent sind!), derselbe Impuls, der dazu führte, Tommy Dorsey, den King of Swing, Elvis Presley den König des Rock'n'Roll und Tarzan den König des Dschungels zu nennen. Doch Ahmet hätte so etwas nie behauptet. Er sagte: „alles Schwarze war hip und alles Weiße spießig".

Das ist ein ungewöhnliches Statement für den Chef eines so großen Unternehmens. Was brachte ihn dazu so etwas zu sagen? Ich denke, die Frage kann durch zwei Erlebnisse aus seiner Vergangenheit beantwortet werden.

„Als ich zwei Jahre alt war, verließen wir die Türkei und gingen in die Schweiz nach Genf. Mein Vater sollte dort das Amt des türkischen Botschafters antreten. Später wurde er dann Richter am Gerichtshof von Den Haag. Obwohl meine Erfahrungen in der Schule nicht vergleichbar sind mit den Erfahrungen der Schwarzen in Amerika, erhielt ich zumindest einen Eindruck davon, wie sie sich fühlen mussten. Damals wurden die Türken im allgemeinen als ‚die Schwarzen' Europas angesehen."

Das zweite Erlebnis betrifft die Konzerte, die Ahmet und sein Bruder Neshui in Washington D. C. veranstalteten. „Gemischtes Publikum war damals in Washington verboten", erklärt Ahmet. „Schwarze hatten keinen Zutritt zu den Kinos in der Innenstadt oder den Kinos der Weißen. Eine Ausnahme bildete das Gaiety Burlesque Theater, doch selbst dort durften sie nur auf dem Balkon sitzen. Die Weißen saßen unten. Es gab auch eine schwarze Truppe unter den herumreisenden Burlesk-Künstlern mit Komödianten wie Pigmeat Markham

und Dusty Fletscher. Wir haben schließlich das erste Jazz-Konzert in Washington veranstaltet, bei dem eine gemischte Band auftrat und auch das Publikum gemischt war.

Für unsere erste Show engagierten wir Willie Bryant als Moderator. Man nannte ihn damals den ‚Bürgermeister von Harlem', ein großer, hellhäutiger, sehr gut aussehender Mann. Er war mindesten einsfünfundachtzig groß, vielleicht sogar noch größer, einsfünfundneunzig. Schon als Teenager stand er auf der Bühne. Er trat in Mambo's Daughters, einem Broadway Stück auf. Es war eines der ersten bedeutenden Stücke mit Ethel Waters. Doch danach, es war zu Beginn der dreißiger Jahre, bekam er keine Angebote mehr. Also wurde er Leiter einer Swing-Band und machte Cab Calloway-Imitationen. Das war das einzige, was ein schwarzer Performer damals tun konnte, während der Swing-Ära. Seine Band war wirklich gut mit einigen sehr berühmten Musikern. Er selbst war kein Musiker und die Band wurde auch nicht sehr berühmt, obwohl sie einige Platten herausbrachten.

Später durften wir das Auditorium des National Press Club benutzen. Huey Ledbelly hat bei unserm ersten Konzert gesungen. Als er die Menschenmenge sah, sagte: ‚Mann, ihr müsst mir das doppelte bezahlen, sonst gehe ich nicht auf die Bühne!'"

Obwohl Ahmet dies nicht direkt für sich in Anspruch nahm, sondern betonte, dass sein Bruder und er diese Shows „aus Liebe zur Musik" initiiert hätten, ist es offensichtlich, dass die Familie, indem sie den neutralen Boden der Botschaft nutzte, fortschrittlich und richtungsweisend wirkte.

Diese Geschichten machen deutlich, im Gegensatz zur o.g. Verdrängung der Schwarzen aus der amerikanischen Kultur, dass die ersten weißen Hipster mit ihrer Haltung ein Gegenstück zur weißen Vormachtstellung darstellten. Es war eine anti-rassistische Haltung, ein Zeigefinger im Rektum einer moralisch korrupten, von weißen bestimmten Gesellschaftsordnung. Dass sich Atlanic schon sehr früh für einen schwarzen Musikstil engagierte, war kein reines Marketingkonzept, es ging auch um den Erhalt einer Kultur und die Akzeptanz einer Bevölkerungsgruppe. „Überall gab Rassentrennungen", sagte Ahmet, „nur bei den Radiofrequenzen funktionierte das nicht. Die weißen Kids konnten einfach das Radio anschalten, den Knopf ein wenig nach rechts drehen und schon hatten sie einen Sender mit schwarzer Musik. So wurde Elvis Presley geboren."

Ahmet ist ein wirklich cooler Bursche. Es stellte sich heraus, dass er gerne grünen Blattkohl isst. „Ich esse für mein Leben gerne Blattkohl und auch Rippchen und den ganzen Mist!"

Eine Sache fand ich aber doch sehr merkwürdig. Ahmet war der Ansicht, dass Glen Campbell wie ein Schwarzer klingt, wenn er Blues-Gitarre spielt. Als Antwort schob ich eine CD in den CD-Player hinter seinem Schreibtisch. Jetzt sollte er herausfinden, wer da sang.

„Hört sich an wie ein Hillbilly-Sänger. Und wer ist es?!!"

„Emmett Miller", sagte ich.

„Wer ist das?"

„Der letzte der alten Minstrel Sänger."

„Jetzt verstehe ich. Der Typ ist weiß. Ist furchtbar gespielt."

Ich gab Ahmet die CD-Hülle und er sah die Liste der Musiker durch. „Das ist ja kaum zu glauben... Tommy Dorsey, Posaune und Jimmy Dorsey, Klarinette – Eddy Lane, ein großartiger Gittarist – sie haben alle mit Absicht schnulzig gespielt. Das waren alles gute Instrumentalisten. Das waren ernsthafte Jazzmusiker damals. Tommy Dorsey war ein bedeutender Posaunist. Tommy und Jimmy Dorsey hatten beide große Bands. Eddie Lane und Joe Venuti an der Gitarre, sie waren die Stars der Paul Whiteman Band. Das ist sehr interessant... Für mich hören sie sich alle wie Countrysänger an, so wie sie hier die alten St. Louis-Bluesstücke singen. Wirklich sehr schnulzig."

Dann ließ Ahmet die Bombe platzen.

„Es ist diese Geschichte über Louis Armstrong. Milt Gabler machte 1942, 43 Aufnahmen von ihm. Sie wiederholten noch einmal seinen Titel ‚Dear Old Southland'. Darin gibt es eine Stelle wo es heißt ‚Darkies humming soft and low'. Sie sangen das, bis Gabler die Aufnahme abrupt beendete und meinte: ‚‚Darkies' kann man nicht mehr sagen.' Und Louie Armstrong erwiderte, ‚So, wenn du sie nicht mehr ‚Darkies'nennst, wie heißen sie denn dann?'"

Das hat meinen schwarzen Hintern zurecht gerückt.

Brother – Do You Talk Black but Secretly Wish to Sleep White? Put Your Dick Where Your Mouth Is and read...

THE BLACKMAN'S GUIDE TO SEDUCING WHITE WOMEN WITH THE AMAZING POWER OF VOODOO

by Doctor Snakeskin (Best-selling Author of "Young Girls and Where to BUY Them")

(The Introduction)

Back in the bubble-toed seventies, after Jimi choked on his vomit, but before Nixon faced the bull(shit) in the arena, my posse of platformed homeboys and I hid behind the hedges in the highschool parking lot, smoked toothpickthin sticks of reefer rolled from shotglass nickel bogs, swigged chilled Strawberry Hill, and discussed the future following our impending graduation.

Sporting broad-brimmed mock hats on the sides of our big, bushy, and bulbous Afros, we had nicknames like Shaft, Sweetback, Truck Turner, Superfly TNT, and Willie Dynamite.

MY tag was Hell Up in Harlem. And, like my polyester party-pals, I wanted to be a pimp.

Why I thought I'd be more successful at pimping, instead of, say, drug dealing, is a question I'm baffled by to this day.

Bruder – Du redest schwarz,
willst aber eigentlich mit weiß schlafen?
Steck deinen Schwanz da rein,
wo dein Mund ist und lies den...

RATGEBER FÜR DEN SCHWARZEN MANN WIE MAN MIT DER VERBLÜFFENDEN MACHT DES VOODOO WEIßE FRAUEN VERFÜHRT

von Doctor Snakeskin (Bestsellerautor von „Junge Mädchen und wo man sie kaufen kann")

(Die Einleitung)

In den Siebzigern, zur Zeit der fetten Schuhsohlen, nachdem Jimi an seiner Kotze erstickt ist, aber noch bevor Nixon dem Bull(shit) in der Arena ins Auge sah, hat sich meine Clique aus Plateau-Homeboys auf dem Highschool Parkplatz im Gebüsch versteckt. Und während wir zahnstocherdünne Gras-Stickies rauchten, gerollt aus einem fünf Dollar Päckchen, und kalten Strawberry Hill schluckten, machten wir uns Gedanken über unsere Zukunft, nach dem drohenden Schulabschluss.

Wir trugen breitkrempige Luden-Hüte, schräg auf unseren großen, buschigen, runden Afros und hatten Spitznamen wie Shaft, Sweetback, Truck Turner, Superfly, TNT und Willie Dynamite.

Mein Name war Hell Up in Harlem. Und genau wie meine Polyester Party Posse, wollte ich Zuhälter werden.

My entire range of sexual experience, at that point in my young life, consisted of one isolated incident with a fourteen-year-old pepper-faced blonde I dry-humped against a Coke machine in the New England boarding school I attended some years before.

My virginity notwithstanding, I was determined to be a pimp. Not a gorilla pimp like Iceberg Slim, but a guerrilla pimp who understood the world according to Fanon, and had the physical porwers of Bruce Lee, but dressed better than the average member of the Black Panther Party.

As I explained this to my pack of pot-puffing playmates sweetsack looked up from his joint, coughing reefer smoke.

"Shit, nigga, is you trippin' out wid dem whyte boys on dot acid again or what?"

"Nah, brutha, I'm gonna be a pimp with a revolutionary agenda! My face is gonna be stenciled on walls throughout the third world, right alongside Che Guevara!"

"Sounds like somebody slipped som' Led Zeppelin in da sleeves a' yo' Funkadelic albums, nigga! You trippin'!"

"Nah, nigga, I reads my Uncle No! 1 gots the Cong down cold! My shit h skulled! Remember, the Panthers said: 'Political power begins at the lips of a pussy."

"Pimpin' be 'bout controllin' do bitches, not some Black Panther bullshit! When da bitch hol' out on yo' money, what you gon' do? Quote Chairman Mao?"

My comrades roared with laughter. Once their laughter subsided, I struggled against my feelings of embarrassment, and outlined my simple pimping plan.

I envisioned a bloodless coup.

Warum ich dachte, dass ich mehr Erfolg als Zuhälter hätte, als, sagen wir, Drogen-Dealer, ist eine Frage, die ich bis heute nicht beantworten kann.

Meine sexuelle Erfahrung war zu diesem Zeitpunkt auf ein einziges Ereignis beschränkt. Ich hatte eine vierzehnjährige sommersprossige Blondine an einem Cola-Automaten rubbelgefickt, in dem Internat in New England auf das ich damals ging.

Ungeachtet meiner Jungfräulichkeit war ich entschlossen Zuhälter zu werden. Nicht so ein Gorilla-Zuhälter wie Iceberg Slim, eher ein Guerilla-Zuhälter, der die Welt wie Fanon sah und die körperlichen Fähigkeiten eines Bruce Lee besaß, aber besser gekleidet war als die meisten Mitglieder der Black Panther Party.

Als ich dies der Bande von Pot paffenden Typen erzählte, die meine Freunde waren, nahm Sweetback seinen Joint aus dem Mund, hustete Gras-Qualm...

„Scheiße, Nigga, warst du wieder auf Trip mit den weißen Jungs, bist du auf Acid, oder was?"

„Ne, Bruder, Ich werde Zuhälter mit revolutionärem Hintergrund! Mein Gesicht wird überall zu sehen sein, in der gesamten Dritten Welt, genau neben Che Guevara!"

„Klingt, als ob einer Led Zeppelin in deine Funkadelic Alben geschoben hat, Nigga, wie bist du denn drauf!"

„Quatsch, Nigga, ich habe meinen Onkel Ho gelesen! Ich kenne den Cong aus dem FF! Mein Scheiß ist voll durchdacht! Genau wie die Panthers gesagt haben: ‚Politische Macht fängt bei den Schamlippen an.'"

„Zuhälter haben Kontrolle über die Nutten, darum geht es, nicht um irgendeinen Black Panther Bullshit. Was machst du,

I was going to hypnotize the pale-haired daughters of the oppressor with the rhetoric of third-world liberation SLA General Field Marshal Cinque style, turn 'em out with some acid dipped on the tip of my black nigger dick, and then instruct my cadre of politically correct hoze to fuck the white man to death in the name of oppressed peoples everywhere.

I had no conception of how to initiate my plan until I enrolled in college a full five years later. It was the college the sixties wouldn't forget. Never mind the Sex Pistols. John Travolta hadn't happen. The campus was located on fertile grounds near the Long Island Sound. God-eyes twirled in the doorways of candle-lit bedrooms perfumed with incense. Voices droned tunelessly over battered folk guitars in the hallway. Heavy-bosomed women in floral-patterned peasant skirts believed reading The Hobbit would somehow mend their drug-addled brains. It was John Lennon and Yoko Ono singing "All We Are Saying Is Give Peace a Chance" *twenty-four fucking hours a day*!!

Many went mad and hung themselves. Suicide by macramé.

The women outnumbered the men on campus but among the men there were two brothers-myself and a cat with a gigantic, wild-man Afro from rural Alabama who had large library of Blowfly albums. I called him Alabama Blowfly.

Alabama insisted if you quoted Eldridge Cleaver's Soul on Ice, white girls magically dropped drawers and gave up the pussy. Obviously, he hadn't read Susan Brownmiller.

He was also a Muslim. I hadn't realized this until a buxom, grain-fed wondergirl of the midwestern heartland had grossly misinterpreted his intentions.

wenn deine Nutten dich über den Tisch ziehen? Den Vorsitzenden Mao zitieren?"

Meine Kameraden brüllten vor Lachen. Nachdem das Gelächter langsam abgeebbt war, gab ich mir einen Ruck und präsentierte meine simple Zuhälter-Planung.

Ich hatte einen unblutigen Coup vor Augen.

Ich würde die blassgesichtigen Töchter des Unterdrückers mit der Rhetorik eines Dritte Welt-SLA-Generalfeldmarschall-Cinque hypnotisieren, sie mit Hilfe von Acid auf meiner schwarzen Nigger-Schwanzspitze auf Touren bringen, und dann meinen Kader von politisch korrekten Huren anweisen, den Weißen Mann im Namen aller Unterdrückten zu Tote zu ficken.

Ich hatte keine Ahnung, wie ich meinen Plan umsetzen sollte, bis ich mich fünf Jahre später auf dem College einschrieb. Mein College war von der Welt vergessen und in den Sechzigern stehengeblieben. Was sind schon die Sex Pistols. John Travolta gab es noch nicht. Der Campus befand sich auf fruchtbarem Boden, in der Nähe des Long Island Sound. Götter-Augen drehten sich in den Türen der von Kerzen erleuchteten Schlafzimmer, die mit Räucherstäbchen parfümiert waren. Auf den Fluren dröhnte kakophonischer Gesang zu verstimmten Folk-Gitarren. Vollbusige Frauen in geblümten Bauernröcken dachten, wenn sie den Hobbit lesen, würde ihr drogenverwirrtes Hirn wieder zurechtgerückt. John Lennon und Yoko Ono sangen „All We are Saying Is Give Peace a Chance" und das *vierundzwanzig verfickte Stunden am Tag*!!

Viele wurden verrückt und hängten sich auf. Selbstmord durch Macramé.

With salty tears balanced on the rims of his lower eyelids, Alabama fell to his knees, and in the name of universal love for all humankind, begged her for some pussy.

She said *no.*

The nigga went *nuts*!

Overnight, his jeans, the two ducks fucking on his "Fly United" t-shirt, and his Chuck Taylor Converse All-Stars were replaced by a white robe, a skullcop, and a pair of cloth slippers.

Every morning at the crack of dawn, he knelt on his prayer mat, howling at Mecca, fervently begging Allah's forgiveness for being led astray by that 'devil white girl' with the big Playboy titties.

I didn't have his problem.

I squandered my time on campus by guzzling cheap Californian jug wines, gobbling psychedelic fungi, and laying up with busty, big-nippled nymphs who stank of patchouli oil and stale reefer smoke-women of pure pagan instinct.

One woman had an affinity with night and taught me to traverse its blind darkness with surefootedness. Another communed with water and could divine the future by its rippling surface.

This water witch and I would make love on the shores of the Sound at night, our brains basting in savory psychedelic sauces, her sandy hips rolling beneath me, crashing like waves on the beach.

Most coeds, though, had no more doodled on the slates of their Etch-a-Sketch brains than Reggae lyrics and the outline of Bob Marley's cock. I'd approach a group of these young

Auf dem Campus waren die Frauen in der Überzahl. Unter den Männern gab nur zwei Brüder – ich selbst und ein Typ aus dem ländlichen Alabama mit einem gigantischen, wilden Afro. Er hatte eine große Sammlung von Blowfly-Platten. Ich nannte ihn Alabama Blowfly.

Alabama war der festen Überzeugung, man muss nur Eldrige Cleaver's „Soul on Ice" zitieren und wie durch Zauber lassen die weißen Mädchen ihre Unterhosen fallen und geben dir Pussy. Offensichtlich hatte er nicht Susan Brownmiller gelesen.

Außerdem war er Muslim. Mir war das erst nicht klar, bis dieses dralle Müsli-gemästete Wunder-Mädchen aus dem Mittleren Westen ihm eine Abfuhr erteilte.

Alabama war auf die Knie gefallen, hatte im Namen einer universellen Liebe für die gesamte Menschheit mit von Tränen erstickter Stimme um Sex gebettelt.

Sie hat *nein* gesagt.

Der Nigga ist *ausgetickt.*

Über Nacht ersetzte er seine Jeans, das „Fly United" T-Shirt mit den beiden fickenden Enten und seine Chuck Taylor-Converse-All-Stars durch ein weißes Gewand, ein Käppchen und ein Paar Stoff-Schlappen.

Jeden Morgen bei Tagesanbruch kniete er auf seinem Gebetsteppich und heulte in Richtung Mekka. Manchmal bat er Allah um Vergebung, dafür dass er vom rechten Weg abgekommen war wegen dieser „weißen Teufelin" mit den dicken Playboy-Titten.

Das Problem hatte ich nicht.

Ich verplemperte meine Collegezeit, indem ich billigen kalifornischen Wein schluckte, psychedelische Pilze fraß und

women squatting in a circle on the grass and smoking pot, saying: "If smoking dope doesn't damage your brain, why do so many Jamaicans believe a dead Ethiopian is God?"

Smoke would sputter from their mouth and their eyes would narrow into hateful slits.

Still, I got laid. A lot.

And by women with amazing tantriclike control of their pussy muscles. I don't mean bland, lackluster pussy with the consistency of wet Wonderbread. I'm talking about trained pussy. Athletic pussy. Pussy with a firm undulating grasp, clamped so tightly around the shaft of your cock, you don't cum unless it says so.

And when you do cum, the pussy snaps, barks, and farts in eruptive orgasm, sending bolts of heat spiraling through the barrel of your dick, and out your asshole, leaving a luminous blue ring above your head.

Good, home-breakin' pussy.

Now I don't have any money, my breath stinks of beer and stale cigarette smoke, and my hair is a scraggly nest of unkempt pickaninny knots. So why did I get all that abundant white-girl pussy whereas Alabama Blowfly was left to beat his meat to the Koran?

I practice Voodoo – the *true* religion of the Amerikkan Blackman!

mit vollbusigen Nymphen mit dicken Nippeln rumhing, die nach Patchouli-Öl und abgestandenen Haschrauch stanken – Frauen mit natürlichem heidnischem Instinkten.

Eine dieser Frauen hatte eine besondere Beziehung zur Nacht und brachte mir bei, wie man ohne zu stolpern durch die Finsternis läuft. Wieder eine andere kommunizierte mit Wasser und konnte die Zukunft voraussagen, indem sie dem Plätschern lauschte. Die Wasserhexe und ich machten Liebe, nachts am Strand des Long Island Sound, unsere Gehirnmasse mariniert mit psychedelischen Substanzen. Ihre sandigen Hüften rotierten und pulsierten unter mir wie Brandungswellen.

Die meisten Studentinnen hatten allerdings nicht mehr in der Birne als Reggae Lyrics und die Umrisse von Bob Marleys Schwanz. Auf ein paar dieser jungen Frauen ging ich zu, sie saßen im Kreis auf der Wiese, klimperten auf ihren Gitarren und rauchten Pot. Ich sagte:

„Wenn man vom Doperauchen keinen Hirnschaden kriegt, warum glauben dann so viele Jamaikaner, dass Gott ein toter Äthiopier ist?"

Rauch kroch aus den Mundwinkeln und die Augen verengten sich zu kleinen hasserfüllten Schlitzen.

Trotzdem habe ich gefickt, und zwar ordentlich.

Mit Frauen, die ihre Pussymuskeln trantramäßig unter Kontrolle haben. Ich rede hier nicht von reizlosen, langweiligen Pussys, die sich anfühlen wie aufgeweichtes Weißbrot. Ich spreche von trainierten Pussys, athletischen Pussys. Pussys mit festem wogenden Griff, die deinen Schwanz so einklemmen, dass du erst kommst, wenn sie es dir

erlauben. Und wenn du dann kommst, schnappt die Pussy, bellt und furzt in eruptionsartigen Orgasmen, sie schickt heiße Blitze durch deinen Schwanz und aus deinem Arschloch raus. Und am Ende kreist dieser leuchtend blaue Ring über deinem Kopf.

Die Pussy ist so gut, dass du deine Frau dafür verlässt.

Also ich habe kein Geld, mein Atem stinkt nach Bier und altem Zigarettenqualm, meine Haare sind ein zottliges Nest, aus ungepflegten pickaninny Knoten. Warum krieg' ich dann jede Menge Pussy von den weißen Mädchen, während Alabama Blowfly sich beim Beten einen runterholt?

Ich praktiziere Voodoo – die *wahre* Religion des Schwarzen Mannes in Amerika!

MARC BRANDENBURG

Marc Brandenburg was serving drinks and spinning records behind the bar of Kumpelnest 3000 on a balmy evening in July of 1998 when we were first introduced. At the time, Kumpelnest was crowded with a drunken and boisterous assortment of yuppies, which, on more than one occasion that evening, shoved an elbow into my face. My companion, Claudia, a charming woman of luminous intelligence, had asked if I liked the place. I answered "no".

"Why?" she asked. My reply was asinine. I said we had spent enough money in there that night, we should get a round of drinks on the house. Marc, apparently, had been watching out of the corner of his eye and overheard my reply.

Without saying a word, there were two drinks placed in front of us on the bar top. That single gesture spoke volumes about Marc's level of style and graciousness.

It was then we first engaged in conversation. On the turntable was an old recording by South African trumpet player, Hugh Masekela. I hadn't heard the album in years. I complimented Marc on his taste then proceeded to tell him about a concert given by Hugh Masekela I once attended at the Yale Bowl in New Haven.

My father had told me Hugh Masekla had escaped the racist brutality of South Africa's Apartheid system by walking hundreds of miles through the bush so he might find success for his music in America.

MARC BRANDENBURG

Als wir uns das erste Mal begegneten, an einem lauen Abend im Juli 1998, arbeitete Marc Brandenburg hinter der Bar im Kumpelnest 3000 und legte nebenbei Platten auf. Das Kumpelnest war bevölkert von betrunkenen und lärmenden Yuppies, mehr als ein Mal hatte ich einen ihrer Ellbogen in meinem Gesicht. Meine Begleitung, Claudia, eine charmante und brillante Frau, fragte mich, ob mir der Laden gefiele. Und ich sagte „nein".

„Und Warum nicht?" Meine Antwort klang etwas albern. Ich meinte, dass wir an diesem Abend schon genug Geld ausgegeben hätten und es langsam Zeit wurde, dass man uns eine Runde spendierte. Marc hatte uns offensichtlich beobachtet und meine Antwort gehört. Wortlos stellte er zwei Drinks vor uns auf den Tresen. Diese einfache Geste sprach Bände über Marcs Stil und Feingefühl. Wir kamen ins Gespräch als er eine alte Aufnahme von Hugh Masekela, dem südafrikanischen Trompetenspieler auflegte. Ich hatte die Platte seit Jahren nicht mehr gehört. Ich beglückwünschte Marc zu seinem guten Geschmack und fing an, ihm von einem Konzert zu berichten, das Hugh Masekela einmal im Yale Bowl in New Haven gegeben hatte.

Von meinem Vater wusste ich, dass Hugh Masekela der Brutalität des südafrikanischen Apartheidsystem entflohen war, indem er hunderte von Meilen zu Fuß durch den Busch zurückgelegt hatte, in der Hoffnung, in Amerika mit seiner

After the concert, I approached a member of Hugh Masekela's band and repeated the story my father had told me. The musician looked at me for a moment, grinned and said: "Maaan, that's som' bullshit! Hugh ain't never seen no parts of the jungle in his life!"

Marc and I both laughed. Our friendship blossomed.

Since I've been in Berlin, I've gotten to know and grow quite fond of the thirty-five year old American-German artist. And have had more than one occasion to write about Marc and his work.

For a brief period, I was under contract with a US publication as its foreign correspondent. It was a fashion mag. Marc was my first assignment. Though primarily a visual artists of great gifts, Marc has exhibited a range of talents throughout his career, and one of them is a flair for clothing fashion design. "Fashion is like the daily paper," he told me during that interview. "It comes and goes. Style, though, is something else. To have your own particular style is always more important than fashion."

That observation is emblematic of Marc's own low-key, chameleon-like and startling sense of fashion. He explains his fashion creations are not about "following a trend. I approach it like a piece of art." And he has expressed his individual style in a number of mediums, from delicately detailed pencil drawings and fashion to soft sculpture installations of a choir of black angels hung upside down from the ceiling of Kumpelnest 3000. Mark has created, to cite further examples, one-of-a-kind art wear, such as the checkered pullover face mask fashioned out of a Burberry's scarf. "Burberry's is a very

Musik Erfolge zu feiern. Nach dem Konzert ging ich auf eines der Bandmitglieder zu und erzählte die Geschichte, die ich von meinem Vater gehört hatte. Der Musiker schaute mich an, grinste und sagte: „Maaan, was für ein Blödsinn! Hugh hat in seinem ganzen Leben kein Stück Dschungel gesehen!"

Marc und ich lachten. Unsere Freundschaft nahm ihren Anfang.

Seit ich in Berlin bin, ist mir der fünfunddreißigjährige deutsch-amerikanische Künstler immer mehr ans Herz gewachsen. Und ich hatte auch einige Male Gelegenheit, über ihn und seine Arbeit zu schreiben.

Für eine Weile war ich Auslandskorrespondent einer amerikanischen Zeitschrift, einem Modemagazin, und Marc war mein erster Auftrag. Obwohl er in erster Linie bildender Künstler ist und sehr begabt, hat er während seiner Laufbahn gezeigt, dass er noch weitere Talente besitzt. Eins davon ist Modedesign. „Mode ist wie die Tageszeitung" erklärte er während eines Interviews. „Sie kommt und geht. Stil ist etwas ganz anderes. Deinen eigenen Stil zu haben, ist viel wichtiger als Mode."

Diese Feststellung zeigt, welche entspannte und chamäleonartige Einstellung Marc zum Thema Mode hat. Er erklärt, bei seinen Kreationen ging es nicht darum, „einen bestimmten Trend zu verfolgen. Ich arbeite daran, wie an einem Kunstwerk." Seinem persönlichen Stil hat er mit unterschiedlichen Mitteln Form gegeben, von seinen feinen Bleistiftzeichnungen über Mode bis hin zu Installationen wie einem Chor schwarzer Engel, die er einmal mit dem Kopf nach unten an die Decke des Kumpelnest 3000 gehängt hat. Ein weiteres Beispiel ist Marcs

conservative, upper class English company," he explains. "The whole outfit was a wool jumper in the Burberry check with shirt and pants. I took the scarf and turned it into something for the well-dressed Irish terrorist."

His zipper-mouthed ensemble debuted at an exhibit of his delicate, sensitively observed, pencil drawings at a two-person show in Berlin. The outfit sold quickly. A Japanese collector who was obviously a huge fan of the costumed superhero, Spiderman, snatched it up.

In the end, Mark wanted no part of the conveyr belt of cookie cutter clothing reproduction required of the fashion designer, so he abandoned his one-of-a-kind "fashion" for a career in the fine arts.

"Besides," he adds wryly, "an artist doesn't paint the same picture over and over again, does he?"

"It really doesn't have anything to do with fashion," he continues. "I'm more interested in music than I am in fashion. Music speaks to more than fashion. I like the idea of sampling advertisement and magazine fashion shoots and rearranging them with every day snapshots. These snapshots are then turned into drawings. Sometimes you take a snapshot, and who ever you are taking a snapshot of could look like they're out of a fashion magazine. I think it's very similar to the sampling in music, mixing it in with whatever."

Born in Germany in 1965, Marc – the child of a black GI and a fair-haired fraulein from Deutschland – lived in the United States with his mother, step father and two siblings until the age of 12. He returned to his native Vaterland with his mother and two siblings soon after his parents divorced, just

Entwurf eines einzigartigen Kunst-Kleidungsstücks, einer karierten Gesichtsmaske aus einem Burberry-Schal gearbeitet. „Burberry ist eine sehr konservative, englische Upper Class Firma", erklärt er. „Zu dem Outfit gehörte auch ein Wollpullover mit Hose und Hemd alles im Burberry-Karo. Ich nahm diesen Schal und habe ihn in etwas verwandelt, das der gut gekleidete irische Terrorist tragen könnte."

Das Ensemble mit dem Reisverschluss-Mund, wurde das erste Mal im Rahmen einer Zwei-Personen Ausstellung in Berlin gezeigt, zusammen mit seinen feinen, genau beobachteten Bleistiftzeichnungen. Das Outfit verkaufte sich sehr schnell. Ein japanischer Sammler, offenbar ein großer Fan des kostümierten Superhelden Spiderman, schnappte es sich.

Schließlich hatte Marc kein Interesse an der Fließbandarbeit einer ausgestanzten Keks-Kleidungs-Produktion, die von einem Modedesigner verlangt wird. Also kehrte er seiner einzigartigen „Mode" den Rücken und wandte sich ganz den schönen Künsten zu.

„Und überhaupt", fügt er hinzu, „ein Künstler malt ja auch nicht immer wieder das gleich Bild, oder?"

„Mit Mode hat es auch eigentlich nichts zu tun. Ich interessiere mich vielmehr für Musik, als für Mode. Musik spricht mehr Leute an als Mode. Ich finde es gut, Werbung und Modeaufnahmen zu sampeln und sie mit ganz normalen Fotos zu verbinden. Diese Momentaufnahmen werden dann zu Zeichnungen. Manchmal macht man nur einen Schnappschuss und derjenige, den man fotografiert hat, sieht aus wie aus einer Modezeitschrift. Ich denke es funktioniert so ähnlich wie beim Sampeln von Musik, alles mögliche kommt zusammen."

in time for Berlin's burgeoning punk movement. "I discovered the punk scene in Berlin in 1979. Berlin was the coolest city then. It was the second capital of punk after London. The scene was real big here. It was the coolest city. There was a lot happening, a lot of anarchistic energy. Things came together. Dressing up back then was a real statement. I'd wear bondage trousers with Scottish kilts. We'd bleach our hair and dye it different colors. The clubs were a mixture of gays and straights."

"Punk was the first time all of these different peoples could connect. And that's how I began. I got involved with the projects of other artists. I acted in films. I designed costumes. I painted. This period was the single biggest influence on me as an artist."

I once asked Marc if "Brandenburg" was his real name, pointing out it was also the name of a popular brand of butter in Germany.

His laugh was deep and generous. "The area around Berlin is called 'Die Mark Brandenburg'. When I was looking for an art name, and decided on Brandenburg, the area wasn't well known – that is, until after the wall came down – because Brandenburg is in the East."

"I don't want to say it became a political statement, but you don't really expect a black guy to have a name like Brandenburg. I'm sure it would piss off the skinheads in Brandenburg, which is where a lot of them come from. It's the most racist place in Germany. Horrible things happen there. Maybe that's why the butter and milk is named for that area."

1995 in Deutschland geboren, war Marc das Kind eines schwarzen GI und eines blonden Fraulein aus Deutschland – er lebte in den Vereinigten Staaten mit seiner Mutter, seinem Stiefvater und beiden Geschwistern bis er 12 Jahre alt wurde. Nach der Scheidung seiner Eltern kehrte er mit seiner Mutter und seinen Geschwistern in sein native Vaterland zurück. Gerade rechtzeitig für Berlins aufkeimende Punk-Bewegung. „Ich lernte die Berliner Punk-Szene 1979 kennen. Berlin war damals die aufregendste Stadt. Die zweite Punk-Hauptstadt nach London. Es gab sehr viele Punks hier. Es war wirklich toll. Es passierte viel und hatte sehr viel anarchistische Energie. Alles kam zusammen. Kleidung war damals ein Statement. Ich trug Bondage-Hosen mit schottischen Kilts. Wir haben unsere Haare blondiert und gefärbt in alle möglichen Farben. Die Clubs waren gemischt mit Schwulen und Heteros.

Denn durch Punk gab es zwischen den unterschiedlichsten Kreisen eine Verbindung. Und so fing es an, indem ich mit anderen Künstlern Projekte gemacht habe, in Filmen mitgespielt, Kostüme entworfen und gemalt. Diese Zeit hat mich als Künstler am meisten geprägt."

Ich fragte Marc ob „Brandenburg" sein richtiger Name sei, weil eine bekannte deutsche Butter genauso so hieß.

Sein Lachen war freundlich und großzügig. „Die Gegend um Berlin heißt die Mark Brandenburg. Als ich nach einen Künstlernamen suchte, habe ich mich schließlich für Brandenburg entschieden, die Gegend war damals noch nicht so bekannt – bis schließlich die Mauer fiel – weil, Brandenburg liegt im Osten.

Ich will nicht sagen, dass daraus ein politisches Statement wurde, aber du rechnest nicht damit, dass ein Schwarzer Brandenburg heißt. Ich bin mir sicher, dass es die Skinheads in Brandenburg ärgern würde, da gibt es nämlich eine ganze Menge von denen. Die Leute sind sehr rassistisch dort. Es passieren schlimme Sachen. Vielleicht wurden deshalb auch Butter und Milch nach dieser Gegend benannt."

BBM FAMILY VALUES

"More Frightening than Clowns in Moonlight"

In the end, the wretched inherited the earth. And the Man came in his pants. He blew his wad, spurting a glorious rain. It left his underwear sticky with seed. For a brief moment, he saw the God he would never be.

That is the history of our war. This is the story of how and why we won.

Witches taught naming was power. To name was to know and exert influence over the world of things. The ability to name determined the function of a thing, decided its role. To name was to tame.

In war, we learned otherwise. Real power lay in unnaming.

We refused names, numbers, codes. We refused stamps, marks. We acted anonymously and moved beyond the Man's global mechanisms of economic and social control. If the Man could not name us, he would not know us.

Once he declared us one thing, we become another. Fuctioning outside of his rigid parameters of "knowing", we were an ever-changing and invisible alphabet.

In his confusion, finding our meaning more difficult to grasp than a bead of quicksilver, the Man lamented that the family – the bedrock and cornerstone of the corporate nation-state –had crumbled. The world was spiritually bankrupt he lamented. It had rejected its true Judeo Christian heritage. Our

BBM FAMILIENWERTE

„Erschreckender als Clowns im Mondlicht"

Am Ende übernahmen die Elenden diese Welt. Und der Mann ejakulierte in seine Hosen. Er ließ seinen Korken knallen, vergoss einen prachtvollen Regen, seine Leibwäsche war leimig von Spermen. Für einen winzigen Augenblick sah er Gott, der er niemals sein würde.

Das ist die Legende unseres Krieges und das ist der Bericht wie und warum wir ihn gewannen.

Hexen lehrten uns, dass das Namengeben Macht verlieh. Namen zu geben, heißt zu wissen und Einfluss über die Welt der Dinge zu besitzen. Diese Fähigkeit bestimmte die Funktion des Objekts und legte seine Rolle fest. Namengeben heißt zähmen.

Der Krieg lehrte uns Anderes. Die wahre Macht bestand darin, keinen Namen zu geben. Wir lehnten Namen, Nummern und Zeichen ab. Wir verweigerten Stempel und Gepräge. Wir agierten namenlos und bewegten uns weitab vom weltumfassenden Räderwerk des Mannes und seiner wirtschaftlichen und sozialen Kontrollen. Denn war der Mann nicht in der Lage uns zu benennen, so konnte und würde er uns nicht kennen.

Waren wir für ihn das Eine, so wurden wir das Andere. Da wir uns außerhalb seines strengen abgezäunten „Wissens" bewegten, wurden wir zu einem fortwährend sich wandelnden, unsichtbaren Alphabet.

world had lost the concept of truth. And now we were all adrift on the seas of moral relativism.

"Errant fathers! Sluttish Mothers! Bastard births! Negro Music! Rebellious adolescents! What is the world to do?" he cried.

He answered: "Return to the power of prayer!"

So when the robots rolled into the cities, electronically chirping "Automized Christian Solidiers", we became the robots. The Man did not and could not know. We was them. Even at the end, during the euphoria of his cum-sopped dreams, he thought the tumors raging within were of his own doing.

But how could he know? We resorted not only to the principles of guerrilla war but applied the rules of camouflage, mascarade and shape-shifting – the rules devised by the Christopher Street Warrior Queen, Marsha Wallace, who was sometimes Black, sometimes Woman, who was digital before the word passed into common usage.

We shifted gender, race and class. And hopped from one species to the next. We were flora and fauna. We were never what they wanted us to be. We were never what they expected. We were random, illogical, varied. He could not predict us. And our actions caused the Man to turn on himself.

"To restore order," he said, "we must restore the family. We must attempt to rebuild our moral foundation with the assistance of God."

And with those words the real battle for hearts and minds began.

In his megalomania, the Man, with the help of some really bitchin' tech (which we, of course, hacked), resurrected the

In all dieser Verwirrung waren wir für den Mann schwerer zu fassen als eine Perle Quecksilber. So beschwerte er sich, dass die Familie, Grundstein und Stütze der Industrienationen, ins Wanken geriet. Die Welt sei geistig bankrott, jammerte er. Sie hatte ihre jüdisch-christliche Herkunft verleugnet. Unsere Welt hätte den Begriff der Wahrheit verloren. Und nun trieben wir alle ruderlos in einem Meer moralischer Standpunkte.

„Umherziehende Väter! Schlampige Mütter! Illegitime Geburten! Negermusik! Rebellische Jugend! Was soll mit dieser Welt geschehen?“ weinte er.

Er ergriff das Wort: „Lasset uns zur Macht des Gebets zurückkehren!“

Und als die Roboter in die Städte rollten, und mit ihren elektronischen Stimmen zwitscherten: „Automatisierte Christliche Soldaten“, nahmen wir ihre Gestalt an. Der Mann wusste es nicht und konnte es auch nicht wissen. Wir waren sie. Sogar am Ende, inmitten der Ekstasen seiner Sperma-getränkten Träume, dachte er, dass er selbst Schuld trug an den aggressiven Tumoren in seinem Innern.

Doch wie sollte er es wissen? Wir wandten nicht nur die Grundsätze des Guerillakriegs an, sondern bedienten uns darüber hinaus Tarnungen und Verkleidungen – Formen variieren – die Regeln der Christopher Street-Kriegerin, Marsha Wallace, die mal Schwarz, mal Frau war und digital, bevor dieser Begriff in die Umgangssprache Einzug hielt. Wir änderten unser Geschlecht, unsere Rasse und unseren gesellschaftlichen Rang, und sprangen von einer Gattung zu nächsten. Wir waren Fauna und Flora, niemals das, was wir sein sollten, niemals das, was man von uns erwartete. Wir

biblical Abraham from the dust and brought him before the masses. That ancient patriarch, Abraham, stood before a great assembly. Lifting his simple robes, he turned and bent over, exposing the halves of his leathery and pimpled ass. And, as his abdomen dramatically rippled up and down, his asshole puckered and began to speak in a succession of gaseous bleatings. The people shuddered in awe. It was a miracle they cheered. At long last, the Savior had come in the guise of Abraham's encrusted asshole.

"The father is the spirtual leader of the househould," it said, "the model of God's love. And he must wash his wife in the waters of that love. He must also instruct his children on matters of God's word with diligence. It is his moral obligation, a duty bestowed on him by heaven. It is the responsiblity of men to teach and reaffirm God's word. "

As the saintly, fecal-flecked orifice sputtered its holy words, a rancid pungency of foglike density wafted through the crowd. The people swooned. And were suddenly consumed by an uncontrollable bout of diahrrea.

Soon, the streets were flooded with the foul brown liquids. The waters of God's love flowed over all. And clogged the circuitry of the robots under the Man's control. The Man expired, jacking off in his own shit.

This is how we won the earth for the wretched. And how we found our name: BBM – Ballastic Bowel Movement.

waren unberechenbar, unlogisch, veränderlich. Er konnte uns nicht einschätzen. Schließlich brachte unser Handeln den Mann dazu, sich selbst zu schaden.

„Zur Wiederherstellung der Ordnung", sagte er, müssen wir die Familie rehabilitieren." Wir müssen versuchen, mit Gottes Hilfe unser moralisches Fundament zu erneuern. Mit diesen Worten begann die wahre Schlacht für die Herzen und die Seele der Massen.

In seinem Größenwahn ließ der Mann, mit Hilfe wirklich ausgefuchster Technik (die wir natürlich häckten), den biblischen Abraham wiederauferstehen, und präsentierte ihn der Menge. So trat dieser steinalte Patriarch, Abraham, vor eine große Versammlung.

Er hob sein schlichtes Gewand, drehte sich um, beugte sich vor und präsentierte beide Hälften seines mit Eiterbläschen übersäten, ledrigen Hinterns. Und während sein Unterleib ausdrucksvoll auf und nieder wallte, begann sein Arschloch sich zu entfalten und in einer Folge von Fürzen und Blutungen zur Menge zu sprechen. Die Menschen schauderten vor Ehrfurcht. Es sei ein Wunder, jubelten sie. So war der Erlöser doch noch erschienen, in der Gestalt von Abrahams verkrustetem Arschloch.

„Der Vater ist das geistige Oberhaupt des Haushalts" gab er von sich, „der Inbegriff von Gottes Liebe. Und er soll sein Eheweib im Wasser jener Liebe baden. Mit eben jenem Eifer soll er seinen Kindern Gottes Wort verkünden. Das ist seine moralische Verpflichtung, sein göttlicher Auftrag. Es liegt in der Verantwortung des Menschen, Gottes Wort zu bestätigen und zu lehren."

Als das hehre, Fäkalien befleckte Loch fromme Worte stammelte, legte sich eine scharfe, ranzige, trübe Wolke über die Menge.

Die Menschen brachen wie vergiftet zusammen oder wirbelten in einem Trance-ähnlichen Rausch umher. Plötzlich schwappte eine unkontrollierte Flut Diarrhö aus Abrahams After. Bald waren alle Straßen mit der fauligen weichen braunen Flüssigkeit überschwemmt.

Gottes Wasser der Liebe bedeckte alles und blockierte den Kontrollgang der Roboter, die unter dem Befehl des Mannes standen. Der Mann verschied, während er im Pfuhl seiner eigenen Scheiße masturbierte.

Gurgel. Gurgel. Gurgel. Blub. Blub. Blub.

So gewannen wir die Erde für die Elenden. Das war die Geschichte unseres Sieges und wie wir zu unserem Namen gekommen sind: Ballistische Darm Bewegung

DISPATCH FROM HELL

"The Negroes... are readily moved to tears and laughter, but must not on that account be confused with the Irish."

Foreigners, a 1930s tome of English humor

Early in June 2000, on locations in and around the city of Prague, the Hughes Brothers began principal photography on the adaptation of the award-winning graphic novel by Alan Moore and Eddie Campbell, "From Hell"; a work concerning the ritual slaying of five prostitutes on the blighted, gas-lit streets of 19th century London by the surgically-adept Jack the Ripper. Partially based on "Jack the Ripper: The Final Solution", by the late Stephen Knight, Moore adopts Knight's theory the multiple murders were the actions of an aristocratic High Mason acting under direct orders from the English Crown. The film stars Johnny Depp and Heather Graham.

I've come at the tail end of shooting.

It's the middle of August. There is only a week and a half left in Prague before the production moves on to locations in Cornwall, England; where they will complete principal photography for a film showing all the earmarks of a modern horror classic – gore, conspiracy, black humor, left-hand magick and opium-induced hallucination with 19th century coochie all blended into a lavishly produced spectacle of lurid Grand Guignol.

DEPESCHE AUS DER HÖLLE

„Die Neger... sind sehr schnell zu Tränen gerührt und auch leicht zu erheitern, dürfen deshalb aber nicht mit den Iren verwechselt werden."
Foreigners, Abhandlung über englischen Humor aus den 30ern

Anfang Juni 2000 begannen die Hughes Brothers in Prag und Umgebung mit den Dreharbeiten zu „From Hell", der Adaption eines preisgekrönten Comic-Romans von Alan Moore und Eddie Campbell, über die Ritual-Morde im London des 19ten Jahrhunderts. Fünf Prostituierte wurden damals auf den von Gaslicht nur schwach beleuchteten Straßen der Stadt von einem anatomisch geschulten Jack the Ripper fachkundig abgeschlachtet. Das Buch stützt sich auf „Jack the Ripper: The Final Solution" von Stephen Knight. Moore adaptiert dessen These, dass die Bluttaten von einem aristokratischen Logenführer verübt wurden, der damit dem direkten Befehl der Englischen Krone folgte. Johnny Depp und Heather Graham spielen im Film die Hauptrollen.

Ich treffe erst gegen Ende der Dreharbeiten ein.

Es ist Mitte August. In eineinhalb Wochen wird das Team Prag verlassen, um in Cornwall, England, an den Dingen weiter zu arbeiten, die einen modernen Horrorfilm ausmachen – Blutvergießen, Geheimbündelei, schwarzer Humor, schwarze Magie, Opium induzierte Halluzinationen dazu 19th-Century-Coochie, das Ganze vermengt zu einem

Larry Garrison, the film's publicist, guides me on a tour of the production's Whitechapel set – the London immigrant-ghetto where Saucy Jack committed his legendary crimes.

Now, Prague is a city famed for its maze of narrow streets. The older sections of the city resemble the disorienting sets seen in the early German Expressionist film, "The Cabinet of Dr. Caligari". And, before I arrived, I had some difficulty imagining how the streets of Prague might stand in as substitutes for the broad cobble-stoned thoroughfares of Whitechapel. Apparently, the location scouts did, too. So they built it. For twelve weeks, construction crews worked around-the-clock building the facades of Whitechapel in the late 1800s; hauling in thousands of stones, each considered a historical landmark by the city, and embedding them two feet into the ground.

I roamed the set, examining the faux boulevards; the grassy court yard of the shabby tenement where the Ripper's first victim is found; the fabled "Ten Bells" pub, the social hub of the story's doomed prostitutes; the entrance to the masonically-inspired Hawksmoor Cathedral; and, of course, the obelisk over the grave of visionary poet, William Blake, the other object of occult significance in the Ripper's mind.

Impressed by the historical exactness of The Whitechapel recreation, it gradually dawned on me I knew absolutely nothing about the architecture of Whitechapel in the 1800s. All I knew was Whitechapel had a bunch of po' ass white folks piled on top of each other like rats. The images I associated with the set was not based on any personal knowledge I had accumulated in my previous, pub-crawling tours of London.

üppigen Spektakel im Stile eines gespenstischen Grand Guignol.

Larry Garrison, Promoter des Films, führt mich durch das Set: Whitechapel, das Londoner Immigranten-Ghetto, in dem Saucy Jack seine Verbrechen begangen hat.

Prag ist berühmt für seine Gassen und sein enges Straßengeflecht. Die ältesten Stadtteile erinnern an die expressionistischen Kulissen des deutschen Stummfilmklassikers, „Das Kabinett des Dr. Caligari". Vor meiner Ankunft konnte ich mir kaum vorstellen, dass die schmalen Gassen Prags das weitschweifige Kopfsteinpflaster von Whitechapel ersetzen sollten. Auch die Location-Scouts haben sich darüber ihre Gedanken gemacht. Schließlich ließen sie einfach alles nachbilden. Zwölf Wochen lang arbeiteten Bühnenbauer und Ausstatter rund um die Uhr, um die historischen Fassaden von Whitechapel zu rekonstruieren. Dafür wurden zahllose geschichtsträchtige Prager Pflastersteine herangeschafft und hier in den Boden versenkt.

Ich durchstreifte das Set, untersuchte die nachgebildeten Boulevards, den grasbewachsenen Hinterhof der schäbigen Behausung, in der das erste Opfer des Rippers gefunden wurde; den legendären „Ten Bells" Pub, das gesellschaftliche Zentrum der bedauernswerten Prostituierten, die Eingangspforte der vom Freimauerstil inspirierten Kathedrale von Hawksmoor; und natürlich den Obelisken am Grabe des visionären Poeten, William Blake, ein Objekt, das in der Gedankenwelt des Ripper okkulte Bedeutung besaß.

Von der historischen Genauigkeit der Kulissen war ich sehr beeindruckt, obwohl ich die Architektur von Whitechapel

What I was really looking at were the images rendered by Eddie Campbell in the graphic novel; including the angle of perspective the panels were drawn in.

This brought on another realization. "From Hell" was not simply a period film. The objective here was not to duplicate another slumbersome Merchant/Ivory apologia for Britain's faded colonial empire. "From Hell", the movie, had drawn its inspiration from a sophisticated graphic novel brimming with interesting ideas. The sets rang with familiarity because the overall design of the production seemed intent on staying true to its graphic source.

Leaving the Whitechapel set, as we travel by van to the crumbling Doksany monastery on the outskirts of Prague, the site of that day's shoot, Larry briefed me on the situation. Depp wasn't doing press he told me. In fact, he hadn't done an in-depth interview in four years. This was cool with me. Other than spotting Depp after a screening of "Dead Man"; and the usual tabloid gossip about fucking fashion models and destroying hotel rooms, I knew nothing about him. Liked his movies but I was there to profile the Hughes Brothers so fuck dat Tiger Beat muthafucka.

Seen as specialists of the 'urban drama', film industry observers commented that "From Hell" was an unlikely departure for the Hughes brothers. What could two young hoodlums from Detroit possibly know about late 19th century Victorian England?

On the other hand, the film industry itself, as the movie's fifty million plus budget demonstrates, didn't have a problem

überhaupt nicht kannte. Ich wusste nur, dass dort auf engem Raum, übereinander gestapelt wie Ratten, eine Menge bettelarmer weißer Leute gelebt hatten. Die Bilder, die ich mit dem Drehort assoziierte, basierten nicht auf persönlichen Erfahrungen, die ich während meiner vergangenen Torkel-Touren durch Londoner Pubs gesammelt haben konnte. Was ich da tatsächlich vor mir hatte, waren die Phantasien von Eddie Campbell, dem Comiczeichner; sogar die Perspektiven, der Panels, wurden beibehalten.

Das brachte mich auf einen Gedanken. „From Hell“ war nicht einfach nur ein Historienfilm. Man wollte keine weitere verschlafene Merchant/Ivory Entschuldigung für das Dahinschwinden des britischen Empire. „From Hell“, der Film, basierte auf einem smarten Comic, einer Bildergeschichte voller interessanter Ideen. Das Set erschien mir so vertraut, weil man sich beim Design der Kulissen genau an die Buchvorlage gehalten hatte.

Im Auto auf dem Weg vom Whitechapel-Set zum nächsten Drehort des Tages, dem verfallen Doksany Kloster am Rande von Prag, erklärt mir Larry die Sachlage. Depp macht keine Presse, sagt er. Es sei sogar so, dass er seit vier Jahren kein tiefschürfendes Interview mehr gegeben hat. Mir konnte das egal sein. Ich hatte Depp nach einer Vorstellung von „Dead Man“ mal ganz kurz von weitem gesehen, darüber hinaus kannte ich nur den üblichen Boulevard-Presse-Tratsch – über Sexaffären mit Fotomodellen und das Zerdeppern von Hotelzimmereinrichtungen. Ich mochte seine Filme, war aber hier, um die Hughes Brothers zu interviewen, also vergiss den Teen-Star-Rummel, muthafucka.

with two bald-headed street niggas signifyin' with they money.

"Most people will be surprised," Allen said, "by how much respect Hollywood has given us. We're shocked by it. We were offered a lot of big movies that weren't our cup of tea and we passed on them. The town's been very respectful about offering us projects."

The brothers also see no contradiction between their past work and this one. "The truth of the matter is," Albert said in a previous interview with Spence D. of the IGN.com movie-webzine, "that it's very much in line with what we've done in the past because it deals with the ghettos of London."

In their eyes, the only difference was the people in England's 19th century ghetto were white. White, Black and otherwise, ghetto inhabitants still suffer from the effects of poverty, disease, drug addiction, prejudice and violence.

When in preproduction for the film in London, Albert says, "We asked a lot of people if it was racist in Britain. And they said, 'No, no, no. Its not racist, its classist.' Classism is the same as racism if you think about it. If you see a black guy walking down the street in jeans, you know what class he's in."
"You can be black wearin' a fuckin' suit in London," Allen adds, "but there's no way you'd think he came from a privileged class."

Die Hughes Brothers gelten als Meister des „urbanen Dramas“, daher auch die Kritik von Beobachtern der Filmindustrie, dass sie mit „From Hell“ einen falschen Weg einschlagen würden. Was können zwei junge Rabauken aus Detroit schon über das Viktorianische England des späten 19ten Jahrhundert erzählen?

Auf der anderen Seite hatte die Filmindustrie selbst keine Probleme, das fünfzig Millionen Budget beweist es, ihr Geld zwei glatzköpfigen Straßen-Niggas in die Hände zu drücken.

„Die meisten Leute werden erstaunt sein, über den Respekt, den Hollywood uns erwiesen hat“, sagt Allen. „Wir waren selbst überrascht, man hat uns eine Menge Angebote für Filme gemacht, die nicht unsere Tasse Tee waren, und wir haben sie abgelehnt. Doch Hollywood hat uns immer wieder Projekte angeboten, das war sehr anständig.“

Die beiden Brüder sehen keinen Widerspruch zwischen ihren früheren Arbeiten und dem, was sie mit „From Hell“ vorhaben. „Tatsache ist“, hatte Albert in einem Interview mit Spence D. von IGN.com Movie-Webzine gesagt, „es bewegt sich auf der selben Linie wie das, was wir immer gemacht haben, weil es um die Londoner Ghettos geht“.

Im 19ten Jahrhundert war die Bevölkerung der Londoner Elendsviertel weiß, das sei der einzige Unterschied. Weiß, schwarz oder sonst etwas, im Ghetto leiden die Leute unter Armut, Krankheit, Drogenmissbrauch, Vorurteilen und Gewalt.

Während der Vorbereitungen zum Film, fragten wir viele Londoner, ob Großbritannien rassistisch sei. Und man sagte uns, „nein, nein, nein. Es ist nicht rassistisch, es ist klassen-

" When you're born in the ghetto, that's where you fucking stay"
John Lydon, "Rotten: No Irish, No Blacks, No Dogs"

Back during the 18th and 19th century in England, the Brits compared the potato-poor Irish to apes. Satirical cartoons of the time, a medium at which the Brits excelled, depict the Irish as gorillas in Leprechaun hats. A grinning King Kong on your box of Lucky Charms. Every stupid slur ever uttered about Blacks and Indians has also been said about the Irish – horns, tails, the whole bit. "Yeah," Albert agrees, "the Irish were the niggers of Europe."

The Hughes Brothers' films has always been as much about class as it has been about the black male identity crisis of the urban poor – class being the subtext of America's color-coded racism both in the white mainstream and within the black community itself: paper-bag tests, Jack'n'Jill clubs. You know the rhyme. If you light, you alright. If you brown, stick around. But if you're black, get back, get *waay* back. As bi-racial twins, the issue of an Armenian Mom, with family originating in Iran, and a Black American-Ghetto Dad, the Hughes Brothers are no strangers to this color-coded prejudice.

"The way we grew up in America," Albert said, "we were ousted from both sides. We weren't completely accepted by blacks. And we weren't accepted at all by whites. When we went to school, the dark-skinned blacks would get mad at us because we were light skinned. The females got mad at us if we dated someone who was other than black. We had an outsider's perspective on black culture. We were in it but we were also outside of it."

orientiert." Klassenbewusstsein ist das gleiche wie Rassismus, wenn du darüber nachdenkst. Wenn du einen schwarzen Typen auf der Straße entlang laufen siehst, der Jeans trägt, weißt du zu welcher Klasse er gehört.".

„Natürlich kannst du als Schwarzer auch im Anzug durch London laufen", fügt Allen hinzu, „aber du wirst niemals denken, dass dieser Mann zu einer privilegierten Klasse gehört."

„Wenn du im Ghetto geboren bist, bleibst du verdammtnochmal im Ghetto"

John Lydon „Rotten: No Irish, No Blacks, No Dogs"

Noch im 18ten und 19ten Jahrhundert verglichen die Engländer ihre armen kartoffelhungrigen irischen Nachbarn mit Affen. Damals zeigten satirische Blätter, ein Medium indem die Briten brillierten, die Iren als Gorillas mit Kobold-Hüten. Ein grinsender King Kong auf der Schachtel, in der man seine Glücksbringer aufbewahrt. Jeder Unsinn, der über die Schwarzen und die Indianer verbreitet wurde, galt auch für die Iren – Hörner, Schwänze, der ganze Mist. „Ja", stimmt Albert zu, „Die Iren waren die Nigger Europas."

Die Filme der Hughes Brothers handeln immer sowohl vom Klassenkampf als auch von der Identitätskrise der mittellosen männlichen Schwarzen in den Großstädten – Klassenkampf als Subtext des amerikanischen Rassismus mit seinen Hautfarben-Codes – und das nicht nur im weißen Mainstream, sondern auch unter den Schwarzen selbst:

"I think we lie somewhere in between there," Allen picks up, "or over to the side somewhere. The thing is it's a fake society of Blacks in America. Unlike Mexicans, who can go to Mexico and get their culture. Or Puerto Ricans who can fly down to the island to get theirs. But niggas in America are a creation of white society. Niggas are a creation of the American environment. It's not really no real shit. The real shit is what came out of that. Except for the fact we came from over there originally, it don't go back to no Africa. But the behavior, and the shit that's cool about it, is synthetic. Its indigenous to America."

"In other words," I say to him, "'indigenous' because we are a new people in the process of creating a new culture... "

"Exactly," he says. "That's what it is."

The monastery was built in 1877. It's the perfect location for the historical period the story is set in; but, due to war or neglect, probably both, the monastery's dilapidated condition gives it a much older appearance than it actually is. Amidst several trucks, trailers and assorted vans, we park in the first courtyard of a complex of weathered buildings, their stone facades brittle with flaking yellow paint. The grounds are dotted by Madonna statuary and fountains sprouting geysers of water. The weather is comfortably warm. The skies are clear and blue. The largely Czech-speaking film crew purposefully bustles about, attending to their various duties. The mood is unusually friendly and relaxed. This is a good sign for the tail end of any production.

Climbing out of the van, I stroll past the crafts table with its stock of questionable edibles, eyeing a few Czech cuties

Papiertütentest, Jack'n'Jill-Clubs. Der Reim ist bekannt. If you light, you alright. If you brown stick around. But if you're black, get back, get *waay* back. Für die Hughes Brothers sind diese Codes nicht neu. Die Zwillinge kommen aus einer gemischten Familie, mit einer armenischen Mutter, deren Vorfahren aus dem Iran stammen und einem schwarzen amerikanischen-Ghetto-Vater.

„Als wir in Amerika aufwuchsen" erklärt Albert, „wurden wir von beiden Seiten zurückgewiesen. Die Schwarzen haben uns nie wirklich akzeptiert und die Weißen erst recht nicht. In der Schule konnten uns die dunkelhäutigen Schwarzen nicht leiden, weil wir hellhäutig waren. Und die Mädchen wurden sauer, wenn wir mit einer ausgingen, die nicht schwarz war. Unsere Sicht auf die schwarze Kultur kam von außen. Wir steckten mitten drin und waren gleichzeitig Außenseiter."

„Ich denke wir liegen irgendwo in der Mitte", meint Allen dazu, „vielleicht auch irgendwo am Rande. Die amerikanischen Schwarzen gehören einer Schein-Comunity an. Bei den Mexikanern verhält es sich anders, sie können nach Mexiko reisen und sind im Herzen ihrer Kultur oder die Puerto Ricaner, die nur auf ihre Insel fliegen müssen. Die Niggas in Amerika sind eine Erfindung der weißen Gesellschaft. Niggas sind eine Schöpfung ihrer Umgebung. Es ist nichts Greifbares. Das einzige, was greifbar ist, ist dass was dabei heraus kommt. Außer, dass wir vielleicht irgendwann mal aus Afrika kamen, aber da gehe ich nicht wieder hin zurück. Das Auftreten und das was cool ist, ist synthetisch und es ist in Amerika beheimatet, es ist indigen."

with stunningly pallid complexions, as Larry leads me to the set.

Throughout the world, Prague is renowned for its film school (Milos Foreman studied there); its animation; and highly imaginative children's films, but there are no film unions in Czechoslovakia. And the US dollar is strong here. This cost-conserving situation makes it quite appealing for the Hollywood studios to shoot in Czechoslovakia with Eastern European film crews. Czechoslovakia has become what Canada once was to the American film industry in the '70s. Bend over, Beethoven...

"From Hell's" actual set, at least for that day, is located in the bowels of the monastery's brewery. Set dressers have transformed the claustrophobic, arched-ceiling confines into a late-nineteenth century morgue. One could clearly imagine hooded, dark-cloaked figures wandering its dark passageways. Within the central room's circle of lights, cameras, cables and technicians, the corpse of a mutilated woman is laid out on an examination table made of stone. The corpse is molded out of foam latex. Its throat is filleted in successive flaps, trimmed with crimson clots, looking like the gills of some extraordinary fish. A puddle of watery stage blood flows down the examination table's drain. Quiet is called for on set. I stand to the side, obscured by shadow, out of harm's way.

Int. Morgue
Fred Abberline, Peter Godley and Police Surgeon Drudge examine the body of Martha Tabram. Appropriately grim, the actors are positioned under somber light: Johnny Depp (Fred

„Mit anderen Worten“, sage ich, „indigen, weil wir etwas Neues sind, Menschen, die dabei sind, eine neue Kultur zu schaffen...“

„Genau so ist es.“

Das Kloster wurde 1877 erbaut. Der perfekte Drehort für die Zeit, in der die Geschichte des Films spielt. Doch durch Kriegszerstörung oder Verfall, vielleicht beides, wirkt das Kloster viel älter, als es tatsächlich ist. Wir parken zwischen Trucks, Wohnwagen und verschiedenen Transportern auf dem ersten Hof in einem Komplex verwitterter Gebäude, von deren spröden Fassaden der gelbe Putz abbröckelt. Überall auf dem Gelände verteilt sieht man Madonnen-Statuen und Springbrunnen. Das Wetter ist angenehm warm, der Himmel blau und klar. Die überwiegend tschechischsprachige Filmcrew geht geschäftig ihren vielfältigen Pflichten nach. Es herrscht insgesamt eine ungewöhnlich freundliche und entspannte Atmosphäre, ein gutes Zeichen am Ende eines Drehs.

Ich klettere aus dem Transporter, schlendere an einem Catering-Tisch vorbei, auf dem äußerst fragwürdige Lebensmittel angeboten werden, beäuge ein paar tschechische Schönheiten und bin beeindruckt von ihren ungewöhnlich blassen Gesichtern. Auch diesmal führt Larry mich durch das Set.

Prag ist weltberühmt für seine Filmhochschule (Milos Foreman hat hier studiert), seine phantasievollen Zeichentrick- und Kinderfilme, doch eine Gewerkschaft für Film gibt es nicht. Und der Dollar ist eine starke Währung. Mit einer osteuropäischen Crew zu arbeiten ist kostengünstig und macht Tschechien für Hollywood äußerst attraktiv. Das Land

Abberline), Robbie Coltrane (Peter Godley), and Ian McNeice (Police Surgeon Drudge) with six morgue assistants and an orderly. As Robbie Coltrane puffs smoke from a "prop" cigarette, the three main actors stare down at the rubber dummy. McNeice mimes cutting away a section of the dead woman's dress with a large pair of shears. The orderly retches, faints.

Why? They discover the real handiwork of Springheel Jack – a gruesome sidewalk hysterectomy. The scene is repeated over and over again throughout the afternoon.

After the take, I'm greeted by the film's two directors, Allen and Albert Hughes. Its been five years since we've last seen each other. We embrace as brothers do. Afterwards, Albert slips away to do his mad scientist technie thing, the filmmaker's equivalent of mixing smoking vials with a "DO NOT DISTURB" sign hung outside the laboratory door. "Just write I'm 'introverted'," he says with an ironic smile and disappears.

Allen and I chat for a few moments more by two color video monitors in the back. Thoughtful, self-assured and ghetto, Allen is a big, friendly cat with a warm, if skewed, sense of humor. He's got a deep voice and a big laugh. His voice, in fact, kinda sounds like Barry White – if , of course, it were Barry White, instead of Bill Cosby, who provided the voice for Fat Albert on the animated series... "Hey, hey, hey, baby! Sit yo' big cartoon ass on my face!"

Indicating he and his brother ain't exactly feelin' the citizenry of this former Soviet-bloc country since they've been

ist heute das, was Kanada in den 70igern für die amerikanische Filmindustrie war. Beug' dich vor Beethoven…

An diesem Tag wird in den Kellergewölben der klösterlichen Brauerei gedreht. Ausstatter haben die engen Windungen der Gewölbe in ein spät-viktorianisches Leichenschauhaus verwandelt. Man kann sich gut vorstellen, wie finstere Gestalten, in Kapuzen-Mäntel gehüllt, durch die dunklen Gänge eilen. In der Mitte des Raumes, in einem Kreis aus Scheinwerfern, Kameras, Kabeln und Technikern, liegt auf einem steinernen Untersuchungstisch eine verstümmelte Frauenleiche. Der Leichnam wurde aus Latexschaum geformt, die Kehle in feine parallel laufende Klappen zerschnitten und mit karmesinroten Blutgerinnseln verziert. Es sieht aus wie die Kiemen eines seltenen Fisches. Wässeriges Bühnenblut sickert durch den Abfluss des Untersuchungstischs. Es wird um Ruhe gebeten. Ich stehe am Rande, geschützt und verborgen im schattigen Halbdunkel.

Leichenschauhaus innen

Fred Abberline, Peter Godley und Polizeiarzt Drudge untersuchen den Körper von Martha Tabran, die Schauspieler gruppiert unter einer trüben Lampe, der gespenstischen Atmosphäre entsprechend: Johnny Depp (Fred Abberline), Robbie Coltrane (Peter Godley) Ian McNeice (Polizeiarzt Drudge), sechs weitere Leichenhaus-Assistenten und eine Krankenschwester. McNeice zerschneidet das Kleid der Toten mit einer großen Schere. Der Krankenschwester wird übel, sie fällt in Ohnmacht.

in Prague, Allen asks how I'm likin' Berlin, where I've lived for the past two years. Love my new lady, what can I say? The Bratwurst is treatin' me well, slapping my belly. I ask what he and his brother have been up to since we last met.

"Smoking a lot of weed" he replies, "an' fishin'."

In 1993, amidst a deluge of Hiphop-inspired "urban dramas", a memorable stand out was the unsettling "Menace II Society"; a film of such visceral power and unrelenting violence it moved "Crooklyn" cinematographer, Arthur Jafar, to write, "... it's the most auspicious feature debut period by an American filmmaker since Charles Burnett's 'Killer of Sheep' (Hollywood legend has it when the twins met with execs at New Line Cinema, their script was compared to "Boyz in the Hood". The brothers retorted: "Boyz in da Hood?!! A MUTHAFUCK a Boyz in da Hood! Where's its hiney hole at? We gots somethin' for its ass!" It's said the two were signed on the spot). "Menace" was both a critical and commercial success. The Hughes Brothers were crowned Hollywood's latest wunderkinds and propelled into the ranks of Lalaland's bankable directors.

In 1995, "Menace" was followed by the ambitious but problematic "Dead Presidents", a film owing as much to John Woo's "Bullet in the Head" as it did to the Vietnam-era Black GIs in "Bloods", the book the film was partially based. Though "Dead Presidents", as Allen said, "didn't make a shitload of money", it did leave an impression on the culture. In the film, its central characters execute a heist, donning whiteface based on warpaint used by protesters in the nineteen sixties.

Warum? Es ist eindeutig die Handschrift von Springheel Jack – eine schauderhafte Bürgersteig-Hysterektomie. Die Szene wird mehrere Male wiederholt, es dauert den ganzen Nachmittag.

Nach dem Take werde ich von den beiden Regisseuren begrüßt, Allen und Albert Hughes. Vor fünf Jahren hatten wir uns das letzte Male gesehen. Wir umarmen uns wie Brüder. Anschließend zieht sich Albert zurück in seine Madscientist-Technikfreak-Welt, vergleichbar mit dem Mischen von Flüssigkeiten aus Reagenzgläsern bei aufsteigendem Rauch und einem „Bitte-nicht-stören"-Schild draußen an der Labortür. „Schreib einfach, ich sei ‚introvertiert'", sagt Albert mit einem ironischen Lächeln und verschwindet.

Allen und ich unterhalten uns noch ein wenig. Zwei Farbmonitore flimmern in Hintergrund. Aufmerksam, selbstsicher und ghetto, Allen ist ein großer freundlicher Typ mit einem einnehmenden, wenn auch schrägen Humor und einem schallenden Lachen. Seine Stimme ist ziemlich tief, klingt sogar ein wenig wie die von Barry White, wenn es Barry White gewesen wäre und nicht Bill Cosby, der Fat Albert in der Zeichentrickserie (Fat Albert and the Cosby Kids) synchronisiert hätte – „Hey, hey hey baby! Pflanz deinen dicken Cartoon Arsch auf mein Gesicht!"

Allen lässt durchblicken, dass sein Bruder und er sich unter den Einwohnern des ehemaligen Sowjetblock-Prag nicht besonders wohl fühlen. Er fragt mich, wie mir Berlin gefällt, wo ich die letzten beiden Jahre verbracht habe. Was soll ich sagen? Mag meine neue Lady und die Bratwurst bekommt mir auch sehr gut. Zum Beweis klatsche ich auf meinen runden

"Every Halloween since that movie came out," Allen revealed, "mutha-fuckas dress up just like that – in Miami, Detroit, New York, L.A., Oakland, Frisco. People wear that shit to this day, every Halloween."

So what did they do during their five year hiatus? The two brothers say they spent the time smoking pot, deep-sea fishing and raising their kids.

"To tell you the truth," Allen confides, "I don't feel guilty about takin' five years off. It was well spent livin' life, y'know? What's so great about filming here in Prague is that you don't get caught up in the rat race of America where you always gotta be doin' somethin'. That ain't what life's really about. Life is about fulfilling yourself."

Later, after the rest, the two made a promise to themselves they would continue working until they were thirty-five, with no more than a few months off between projects. Besides, "we were tired", they said, "of muthafuckas comin' up to us an' askin': What y'all been doin'?"

But during those five years, it wasn't all pot and Pokemon. The brothers also produced, directed and financed the documentary, "American Pimp". The idea for "American Pimp" grew out of another project they were considering during the production of "Dead Presidents". Nelson George had flipped them a copy of Iceberg Slim's "Pimp: The Story of My Life". And they wanted to do it. Needless to say, everybody else and their brother was also trying to rope that rascal to the movie screen. To insure the film's commercial crossover appeal, in fact, one studio exec even had the brilliant notion of casting Vanilla Ice in the lead – "Both of their names are Ice, right?!!"

Bauch. Und was habt ihr beiden getrieben seit wir uns das letzte Mal gesehen haben? Frage ich.

„Viel Gras geraucht und gefischt".

1993, inmitten einer Sintflut von von HipHop inspirierten „Urban Dramas", galt „Menace II Society" als herausragend. Ein Film von solcher innerer Kraft und schonungsloser Gewalt, dass der Kameramann von „Crooklyn", Arthur Jafar, schrieb „...es ist das vielversprechendste Debüt Punktum eines amerikanischen Filmemachers seit Charles Burnetts ‚Killer of Sheep' (Einer Hollywoodlegende zufolge, hat ein Manager von New Line Cinema das Drehbuch mit „Boyz in the Hood" verglichen. Die Brüder reagierten folgendermaßen: „Boyz in da Hood?!! A MUTHAFUCK a Boyz in da Hood! Was ist mit seinem Arsch los? Wir haben was für seinen Arsch!" daraufhin bekamen die beiden sofort einen Vertrag, wird erzählt). „Menace" wurde nicht nur von der Kritik hochgelobt, der Film war auch ein kommerzieller Erfolg. Man ernannte die Hughes Brothers zu Hollywoods neuen Wunderkindern und beförderte sie in die Riege von Lalalands gewinnbringenden Filmemachern.

1995 folgte ein ambitioniertes jedoch problematisches Werk: „Dead Presidents". Ein Film, der John Woos „Bullet in the Head" ebenso viel verdankt wie „Bloods", einem Buch über schwarze GIs in der Vietnam Ära, auf dem das Script zum Teil basiert. Obwohl „Dead Presidents", wie Allen es ausdrückt „nicht gerade einen Haufen Geld einbrachte", hat der Film doch einen nachhaltigen Eindruck hinterlassen. Es geht um einen Raubüberfall, bei dem die Hauptfiguren ihre

In any case, the project didn't happen. "One thing we picked up from the documentary," Albert says, "was almost like accidental research on hoze and prostitutes. The same things they did back then are the same tricks they do nowadays – makin' the trick think they're fuckin' them when they're not fuckin' them, or givin' them head when they're not givin' them head. The way the hoze relate to each other and things like that are similar. Those were the things we took from the documentary and applied to this film. It was all by accident, though. We didn't plan it."

"American Pimp" was released to laughable reviews. The press did everything from label the film an embarrassment to the race to holding seances with Tupac's ghost by calling the directing twins "fake brothers". Most read like throwbacks to the bourgois black press' negative criticism of the 70s blaxploitation films "American Pimp" sampled from.

Press reaction to "American Pimp" was best exemplified by a review appearing in the L.A. Weekly (June 9 - 15, 2000 issue). It was called: "Freakshow Bro's". The writer, Erin Aubry, begins by calling Menace "irredeemable urban pornography" which "defin(ed) a ruthless '90s version of blaxploitation". "American Pimp", Aubry wrote, "follows in this sordid tradition". The writer then accused the Hughes Brothers of lacking "conscience" and "playing into the worst of public stereotypes, namely that all black men are hustlers".

I was on the floor howling in laughter. What this and other reviews ignored in their discussions of "American Pimp" was both the storytelling traditions reflecting the imaginative life and humor of the black underclass in the US; and the application of

Gesichter weiß anmalen, in einer Art Kriegsbemalung, wie sie auch von Demonstranten in den Sechzigern getragen wurde.

„Seitdem ziehen sich die Muthafucka jedes Jahr zu Halloween genau wie im Film an", erzählt Allen. „In Miami, Detroit, New York, L.A., Oakland, Frisco, die Leute tragen das Zeug bis heute, immer zu Halloween."

Also was haben die Brüder wirklich getan, während ihrer fünfjährigen Arbeitspause? Die beiden behaupten, sie wären auf Hochseejagd gegangen, hätten Pot geraucht und ihre Kinder großgezogen.

„Um die Wahrheit zu sagen", sagt Allen vertrauensvoll, „ich habe keine moralischen Bedenken, fünf Jahre Pause zu machen. Wir hatten ein schönes Leben, weißt du? Das gute daran, hier in Prag zu filmen, du stehst nicht immer unter diesem amerikanischen Konkurrenzdruck, bei dem du ständig etwas leisten musst. Denn darum geht es nicht. Es geht darum, ein erfülltes Leben zu führen."

Nach dieser Pause haben sich die beiden geschworen, nicht länger als bis fünfunddreißig zu arbeiten, mit höchstens ein paar Monaten Unterbrechung. Außerdem, „wir sind es leid, dass die Muthafuckas andauernd ankommen und fragen: Und, was habt ihr zwei so gemacht?"

Doch die fünf Jahre waren nicht nur Pot und Pokemon. In dieser Zeit entstand der Dokumentarfilm „American Pimp", den die beiden Brüder selbst finanziert und produziert haben. Während der Dreharbeiten zu „Dead Presidents" hatte ihnen Nelson George Iceberg Slims „Pimp: The Story of My Life" in die Hände gedrückt. Sie waren sofort Feuer und Flamme. Es versteht sich von selbst, dass außer ihnen noch andere den

film techniques approximating the audio technology of HipHop, i.e. the visual sampling of blaxploitation films.

The archetypal trickster has always played a key role in these story traditions – from Anansi the Spider and the Signifyin' Monkey back in the bush to Brer' Bunny and Old John on the plantation; to Stagger Lee of urban Blues legend and the raunchy shenanigans of Rudy Ray Moore's Dolomite. And, as is apparent in the tales swapped by groups of black males gathered on street corners and basketball courts; in barber shops, bars, pool halls, and prison yards (and, of course, on numerous CDs), the pimp is a modern incarnation of the ancient trickster. Crucial to telling tales of this modern trickster is humor.

What the Hughes Brothers know, but others often don't, is that the mask of comedy is the same one worn by tragedy. Like the Hughes Brothers, comedy and tragedy are twins in the same womb. It is said "what makes one feel is tragedy, what makes one think is comedy" (in America, I say, what makes one stupid is both). This principle presents itself in "Menace II Society" and "Dead Presidents". And will certainly be apparent in "From Hell". The importance of the role humor plays in the Hughes Brothers' work became abundantly clear during our discussion of another project the brothers had planned but didn't materialize – a documentary on the life of Richard Pryor.

"Everything that Richard Pryor, Lenny Bruce and George Carlin are about," Albert says, "are the same sensibilities we have. It's the same things we're into when we do our movies. It's makin' people laugh, entertainin' them; and, at the same

Stoff auf die Leinwand bringen wollten. Jeder wollte das. Um sicher zu sein, dass der Film ein kommerzieller Erfolg würde, hatte einer der Studio Manager die brillante Idee, Vanilla Ice die Hauptrolle spielen zu lassen – „Beide heißen doch Ice, stimmt's?!!“

Aus der Sache wurde nichts. „Etwas haben wir durch unsere Recherche gelernt“ erklärt Albert, „und es war Zufall, dass eine Untersuchung über Prostituierte dabei heraus kam. Heute wird es immer noch genauso gemacht wie früher – die Nutten täuschen dem Freier etwas vor, er denkt, er wird gefickt, aber sie ficken ihn gar nicht oder er kriegt einen geblasen, obwohl sie ihm nicht wirklich einen blasen. Auch die Art wie die Nutten miteinander umgehen, hat sich kaum geändert. So etwas brachte die Recherche ein. Das Material haben wir dann für den Film benutzt. Es war reiner Zufall, wir hatten es nicht geplant.“

Als „American Pimp“ herauskam, gab es absurde Kritiken. Die Presse versuchte alles – der Film sei beschämend für die Rasse, man hielt sogar Séancen mit dem Geist des verstorbenen Tupac ab, wobei aus den Huges Brothers „Fake-Brothers“ wurde. Es war wie ein Rückfall in die Zeit, in der die schwarze bürgerliche Presse nur negative Kritik für die Blaxploitationfilme der 70iger übrig hatte, aus denen „American Pimp“ eine Menge sampelte.

Das beste Beispiel für die Reaktion der Presse auf „American Pimp“ ist ein Artikel, in L.A. Weekly (9. Juni 2000, Heft 15. Die Überschrift lautete: „Freakshow Bro's“. Der Autor Erin Aubry bezeichnet „Menace“ als „unverzeihlich“, als „urbane Pornographie“, es sei eine „brutale Neunziger

time, rubbin' them the wrong way. It's not necessarily about doing somethin' really commercial."

Allen continues. "When Richard did his skits, they weren't traditional comedy to me. The characters were just themselves and they were humorous within dramatic situations. Its in the rhythms. There's certain nuances about them. His characters can deliver things in a humorous way but their situation isn't humorous. This is a lot of what we've done. I think there is a lot of humor in what we do but it's done within the drama."

In the end, as Albert explains, the Pryor documentary collapsed because "the people controlling the estate said they wanted fifty per cent of our earnings. We weren't in it for the money ("We were in for our hearts," adds Allen). We lost a lot of money on our first documentary and knew we would lose a lot more on that one. We wanted to preserve his legacy so we just stepped away from it. We have too much pride to let somebody rape us for something we want to do."

During our talks, Allen raised an important point about Pryor's work which also explained why he and his brother chose to present the pimps in their documentary in the style that they did.

"The thing I relate to most about Richard," Allen said, "are his characters. Those are real characters. His characters are what speak to me the most. Those men, those winos, those junkies, those whores – they don't talk that way no more. You can't really find them anymore. They are the last of a dying breed of articulators."

"Even in this movie," he continues, "some of the casting of the women, the women have certain rhythms, certain nuances

Jahre-Version der Blaxploitationfilme“ und „‚Armican Pimp‘ folgt dieser abscheulichen Tradition“. Außerdem wirft der Autor den Hughes Brothers „Gewissenlosigkeit“ vor, sie würden „die schlimmsten Klischees aufbereiten, wie: alle schwarzen Männer sind Hustler“.

Ich habe mich kaputt gelacht. Doch was die meisten Autoren übersehen, ist dass „American Pimp“ in einer Erzähltradition steht, bei der es um Phantasie und Witz der amerikanischen schwarzen Unterschicht geht. Und dass hier Blaxploitationfilme gesampelt wurden, was für HipHop im musikalischen Bereich längst selbstverständlich ist.

Die Figur des Tricksters hat immer eine zentrale Rolle in dieser Erzähltradition gespielt. Angefangen mit den afrikanischen Geschichten „Anansi the Spider“ und „Signifin“ Monkey , über „Brer' Bunny“ und „Old John“, aus der Zeit der Plantagen, bis hin zu Stagger Lee, der urbanen Blues Legende und den frivolen Tricks von Rudy Ray Moores Dolomite. Auch in den Geschichten, die sich die schwarzen Männer auf der Straße und beim Basketball erzählen, beim Friseur, in Bars, in Billardhallen und auf Gefängnishöfen (und natürlich auf etlichen CDs) wird es immer wieder deutlich: der Pimp ist eine moderne Reinkarnation des Trickster. Und das wichtigste an Trickster-Geschichten ist der Humor.

Viele wissen es nicht, die Hughes Brothers ausgenommen – die Maske der Komödie ist auch die Maske der Tragödie. Genau wie die Hughes Brothers sind Komödie und Tragödie Zwillinge aus einem Schoß. Man sagt, was Gefühle erzeugt, ist die Tragödie und was uns zum Denken bringt, ist die Komödie (ich sage, in Amerika macht uns beides blöd). Dieses Prinzip

about them, the way they delivered things was humorous but their situation wasn't humorous. And that's what Richard is."

Instead of "Directors", the sign on the window of the Hughes Brothers' trailer is scribbled with the word "Pimps" in felt-tip marker. Outside of the trailer, aluminium patio furniture has been placed on the grass. It's down time between setups. Allen is relaxing in a lawn chair, telling me how he and his brother were watching rushes of Johnny Depp in their film one evening and noticed something familiar yet out of place in his walk. It was something they knew all too well but it seemed radically out of context. They couldn't quite figure out what it was. Then, suddenly, realization dawned.

The next day, they told Depp their revelation.

"Johnny," Allen began, "We've seen all your movies and we like your work. We've known you on and off for four years. Now that we've started working with you, and have gotten to know you pretty well, we've come to one conclusion".

"Yeah?" Johnny asks, "What's that?"

"Maan," Allen replies, "You a Nigga!"

They burst out laughing. Depp was touched.

"That's truly one of the greatest compliments I've ever gotten in my life from anybody," he told them. Then Allen explained:

"We saw you in this one shot, when you walked out, you was pimpin'!"

This incident led to a discussion about casting the actor in their proposed remake of Iceberg Slim's "Trick Baby", as master conman Johnny "Whitefolks" O'Brian, the bi-racial

kommt in „Menace II Society“ und „Dead Presidents“ zum Tragen. Auch in „From Hell“ wird es so sein. Welche wichtige Rolle Humor für die Hughes Brothers spielt, zeigte sich bei unserem Gespräch über ein anderes Projekt, das leider nicht realisiert wurde – einer Dokumentation über Richard Pryors Leben.

„Bei Richard Pryor, Lenny Bruce und George Carlin geht es um das, worum es auch bei uns geht“, sagt Albert. „Mit unseren Filmen wollen wir dasselbe erreichen. Die Leute können lachen, werden unterhalten und gleichzeitig gegen den Strich gebürstet. Es geht nicht unbedingt darum, etwas wirklich kommerzielles zu schaffen.“

Allen fährt fort: „Richards Art der Satire erschien mir nie besonders traditionell. Die Figuren waren sie selbst und komisch durch die Situation, in der sie sich befanden. Es liegt am Rhythmus. Es sind nur gewisse Nuancen. Seine Figuren können die Dinge lustig rüberbringen, obwohl ihre Situation selbst nicht komisch ist. So machen wir es auch. Ich finde, die Sachen, die wir machen, sind sehr humorvoll, obwohl wir mit dem Drama arbeiten.“

„Aus dem Pryor Projekt wurde nichts,“ sagt Albert, „weil die Leute, die die Rechte an seinem Werk kontrollieren, fünfzig Prozent Gewinnbeteiligung forderten. Uns ging es nicht ums Geld („es war uns eine Herzensangelegenheit,“ fügt Allen hinzu) Wir haben eine Menge Geld bei unserem ersten Dokumentarfilm verloren und wussten, dass wir damit noch mehr verlieren würden. Wir wollten sein Vermächtnis wahren, deshalb traten wir zurück. Wir haben unseren Stolz und lassen uns nicht korrumpieren.“

issue of a nigga ho' and her honky trick. The brothers gave Depp a copy of the book. In exchange, Depp presents the twins with Cecil Brown's "The Life and Loves of Mr. Jiveass Nigger".

Mr. Jiveass Nigger and Edward Scissorhands?!!? Where's Waldo in this picture?

"The Life and Loves of Mr. Jiveass Nigger", the 1969 bestseller about a black trickster and player extraordinaire set loose among the women of Copenhagen, is part of the Tribal Canon; a hoodoo drum for the head. Cecil Brown's narrative strategies have consistently explored, and advanced, the same traditions that produced both "American Pimp" and the comedy of Richard Pryor. In fact, he's published a work on the Black Trickster with Harvard University Press, entitled Stackolee. Further in fact, Cecil was Pryor's dirty back in the day.

Johnny Depp strolled off set, every hair follicle sewn neatly in place. And, yeah, he does have a distinctive rolling stride, low-key and catlike. I definitely had to find out what was up wid dis Popeye's Cajun Chicken'n'Biscuits eatin' muthafucka.

He walks in the direction of his trailer. As he passed by, I said:

"I understand you're a fan of Mr. Jiveass Nigger"

Caught off guard, Depp stops in his tracks. He turns with his head tilt to one side, appraising me with a slightly-owlish stare.

"Do you know that book?" he asked, walking toward me. "That's a great fuckin' book. The title alone must've freaked people out when it was published back... when was it? The late

Während unseres Gesprächs kam Allen auf einen wichtigen Punkt in Bezug auf Pryors Arbeit zu sprechen. Es ging um die Darstellung der Zuhälterszene im Dokumentarfilm der Brüder.

„Mit seinen Figuren verbindet mich am meisten", sagt Allen „mit denen kann ich etwas anfangen, sie sind echt, Pryors Figuren sagen mir wirklich etwas. Die Männer, die Säufer, die Huren – heutzutage wird nicht mehr so gesprochen. Solche Leute gibt es kaum noch. Sie sind vom Aussterben bedroht, die letzten, die sich so artikulieren."

„Sogar in diesem Film", erzählt er weiter, „einige der Frauen, die wir gecastet haben, diese Frauen haben einen bestimmten Sprachrhythmus, es sind nur Nuancen, die Art wie sie bestimmte Dinge ausdrücken, das war humorvoll, aber ihre Situation war nicht lustig. Und darum geht es auch bei Richard."

Auf einem Schild am Trailer-Fenster der Hughes Brothers steht mit Filzstift gekritzelt „Pimps" und nicht „Regisseure". Vor dem Trailer hat man ein paar Gartenmöbel aus Aluminium aufgestellt. Wartezeit zwischen zwei Set-Ups. Allen hat es sich in einem der Stühle bequem gemacht. Er erzählt, wie er eines Abends nach dem Dreh mit seinem Bruder die ersten Muster von Johnny Depp durchgesehen hat. Dabei sei den beiden etwas aufgefallen. Es war sein Gang, der ihnen seltsam bekannt vorkam. Da war etwas sehr Vertrautes, das jedoch völlig aus dem Zusammenhang gerissen schien. Zuerst wussten sie nicht was es war, doch langsam dämmerte es.

Am nächsten Tag erzählten sie Depp von ihrer Offenbarung.

sixties? There's this other fuckin' book with another great title. Its called – uh, uh, uh… "

He squints, searching his memory for the title.

"'Negrophobia'. Do you know that book?"

?!?!?!???!!!????!!!??!!!???

"Uh, uh, uh, yeah," I stammered. " I wrote it."

This time we both squint. Waldo is definitely lost in the pictorial hot-sauce. Depp punctuates the moment, finally, with a gesture both grand and chivalrous, suggested by his costume's 19th century design. He drops to one knee. And, with a flourish of his arm, extends the palm of his right hand with a little birdlike flutter. "I bow to you, Sir!" he smiles, nodding his head.

Allen joins his brother on set for another take after the break.

Filmmaking is a fragmented and tedious process; so, instead of returning to the set with Allen, and observing from the sidelines, I sit by the trailers with Buck, a likeable and funny older cat, who is a living encyclopedia of Hollywood history. While listening to one of Buck's salty Hollywood tales, Larry comes over and introduces me to a handsome woman with pepper-grey hair. Her name is Amy Robinson. She is one of the project's executive producers. I stand, shaking her hand. We then move to another set of chairs on the grass, behind Heather Graham's trailer.

When Amy Robinson began preparation for the film in London, she said the taxi drivers who squired her about the city would inquire as to why she was there. She would explain she was making a movie about Jack the Ripper.

„Johnny", begann Allen, wir haben alle deine Filme gesehen. Uns gefällt was du machst. Wir kennen dich seit Jahren, sind uns immer wieder begegnet. Jetzt, nachdem wir eine Weile mit dir gearbeitet haben und dich besser kennen, ist uns etwas klar geworden.

„Ja?" sagt Johnny „und was?"

„Maann", antworte Allen „Du bist ein Nigga!"

Alle brechen in Gelächter aus. Depp ist gerührt.

„Das ist wirklich eines der größten Komplimente, die ich je in meinem Leben bekommen habe."

„Wir haben dich gesehen, in dieser einen Einstellung, als du weg gingst, you was pimpin'!"

Schließlich wurde darüber diskutiert, ob Depp in dem geplanten Remake von Iceberg Slims „Trick Baby" die Rolle des Oberschurken Johnny „Whitefolks" O'Brian übernehmen sollte, dem gemischtrassigen Nachkommen einer Nigga-Nutte und ihrem Honky-Freier. Die Brüder gaben Depp eine Ausgabe des Buches und er revanchierte sich mit „The Life and Loves of Mr. Jiveass Nigger" von Cecil Brown.

Mr. Jiveass Nigger und Edward mit den Scherenhänden?!! Wo ist Waldo auf dem Suchbild?

„The Life and Loves of Mr. Jiveass Nigger" ist ein Bestseller von 1969 über einen schwarzen Trickster und außergewöhnlichen Player, der auf die Frauen von Kopenhagen losgelassen wird. Das Buch ist ein Klassiker, fester Bestandteil des Stammeskanon, eine Hoodoo-Trommel fürs Hirn. Cecil Brown hat mit seiner Arbeit die narrativen Traditionen, in der auch „American Pimp" und Richard Pryors Comedy stehen, erkundet und erweitert. Er hat ein Buch über die schwarze

"Every cab driver in London had their own theory on Jack the Ripper," she said. "In England, I realized, the Ripper murders are like the Kennedy assassination in America. It's an unsolved mystery with all sorts of different theories. And I've found that people never tire of a good mystery, certainly a mystery that involves conspiratorial elements and (antagonisms between the) classes."

"Sometimes, on the Whitechapel set," she continued, "I would think about the movie as this downtrodden neighborhood with these people way up high trying to manipulate these poor people down below who don't know what was going on. I think the film is totally about the abuse of power."

"Why are you drawn to projects which involve class issues?" I ask. Ms Robinson also produced "Running On Empty", a film about former Weather Underground class-warriors hiding out in the suburbs as a tormented nuclear-unit.

"I grew up middle class in the working class town of Trenton, New Jersey," she answered. "I went to a big high school. Class was always an issue and part of my experience growing up. My father was a doctor but I was a townie because to the Princeton boys anyone who lived in Trenton was a townie. So I felt like I understood both sides of the coin. Also, I was an actress before I was a producer. My first movie was 'Mean Streets'. I played Teresa. So class has been thematic throughout my life. It's a subject which interests me in different ways. In America, class is such a strange topic."

"Race takes the place of class in America," I say. "People don't talk in class terms in the US. They talk in terms of race.

Trickster-Figur mit dem Titel „Stackholee" bei Harvard University Press herausgebracht. Und nicht nur das, Cecil Brown und Pryor waren seinerzeit wirklich dreckige Kumpel.

Johnny Depp spaziert vom Set, jede falsche Haarsträhne an der richtigen Stelle. Und richtig, da war ein gewisses Rollen in seinem Gang, gelassen und katzenhaft.

Ich musste unbedingt wissen, was es mit diesem Popeye's Cajun-Chicken'n'Biscuits essenden Muthafucka auf sich hat.

Er ist auf dem Weg zu seinem Trailer, als er an mir vorbeikommt, sage ich:

„Ich habe gehört, Du bist ein Fan von Mr. Jiveass Nigger."

Überrascht bleibt Depp stehen. Er dreht sich um, hält seinen Kopf leicht schräg und wirft mir einen abschätzenden, etwas kauzigen Blick zu.

„Kennst du das Buch?" fragt er und kommt zu mir rüber. „Das ist ein verdammt großartiges Buch. Allein schon der Titel, die Leute müssen ausgeflippt sein, als es damals rauskam... wann war das? Ende der Sechziger? Und da gibt es doch dieses andere Buch mit einem super Titel. Es heißt – uh, uh, uh..."

Er verdreht die Augen und versucht sich zu erinnern.

„‚Negrophobia'. Kennst du das Buch?"

?!?!?!?!???!!!???!!!????

„Uh, uh, uh, yeah", stammele ich. „Ich hab's geschrieben."

Diesmal verdrehen wir beide die Augen. Waldo ist definitiv in der Chilisauce verschwunden. Depp zeigt seine Anerkennung durch eine große Hoftheathergeste. Passend zum viktorianischen Kostüm sinkt er auf ein Knie, macht eine

In Europe, they talk in terms of class because they are just now beginning to grapple with the fact that there are darker people among them."

"I was thinking of Gore and Bush," she said. "The Yalie versus the Harvard boy. Not much has changed."

In addition to class and the abuse of power, one of the key themes in Alan Moore's graphic novel, the theme which fuels William Gull's quest for a glimpse of Godhood, is the transference of power from Lunar, Dionysian female power to Solar, Appollonian male power, all described in highly occult and Nietzschean terms.

During the matriarchal age, when women were revered as holy powers, there were once sacred prostitutes. They were healers. The sexual embrace of these exalted ones had the power to heal, both psychically and spiritually. Under patriarchal male rule, this power was systematically debased. Through ritual slaying, and the actual stealing the magickal reproductive organs of Whitechapel's debased priestesses, Gull's ultimate objective is the consolidation of the energy lines of male occult-power.

In "Menace II Society", "Dead Presidents" and "American Pimp", the Hughes Brothers actively, if unconsciously, struggled with the questions of manhood and identity posed by the example of their father – a man, I discovered, in my first interview with the brothers five years before, was, as they described him, "a would-be pimp". I think the brothers finally resolved these issues with "American Pimp". It was only logical they would next turn to their mother.

ausholende Armbewegung und lässt seine rechte Hand leicht wie einen Vogel durch die Luft flattern. „Ich verbeuge mich vor Ihnen, Sir!“ lächelt und verneigt sich.

Nach der Pause kommt Allen für einen weiteren Take zu seinem Bruder aufs Set.

Filmemachen ist ein zermürbender Prozess. Anstatt Allen zu begleiten und bei den Dreharbeiten zuzusehen, setze ich mich zu Buck, einem sympathischen, lustigen, älteren Typen. Wie sich schnell herausstellt, ist er ein wandelndes Lexikon der Hollywood-Legenden. Als Buck gerade eine von seinen gepfefferten Anekdoten zu Besten gibt, kommt Larry vorbei und stellt mich einer attraktiven Frau mit graumelierten Haar vor. Sie heißt Amy Robinson und ist Produzentin. Wir begrüßen uns mit einem Händeschütteln und gehen hinüber zu den Stühlen hinter Heather Grahams Trailor.

Die Vorbereitungen für die Dreharbeiten fanden in London statt. Dort kam es sehr häufig vor, dass Amy Robinson von den Taxifahrern, die sie durch die Stadt kutschierten, nach dem Grund ihres Aufenthalts gefragt wurde. Sie sagte dann, sie sei hier, um einen Film über Jack the Ripper zu drehen. „In London hat jeder Taxifahrer seine eigene Theorie über Jack the Ripper. Mir wurde klar, dass die Ripper-Morde für England eine ähnliche Bedeutung haben wie das Kennedy Attentat für Amerika. Es bleibt ein Mysterium, dass alle möglichen Theorien provoziert. Mir scheint, dass die Menschen solcher Mysterien nie überdrüssig werden, besonders wenn es um Verschwörungen und um Klassenunterschiede geht.

For this reason, as "From Hell" deals with the rage underlying men's inability to give birth, or what one might call "womb envy", "From Hell" may very well be the first feminist film told from a straight black male perspective released by a commercial studio. Ms. Robinson agrees:

"In the case of this movie, the anger towards women is definitely based on that. The brothers have made the women extremely vivid and sympathetic with humor, character and romance. And the Ripper removes their organs of power. His rage is without bounds."

Heather Graham, who plays the tragically-fated Daughter of Joy, Mary Kelly, whom the Ripper mutilates beyond recognition, joins our discussion, and states the case succinctly:

"Men are afraid of women's power. In the graphic novel, Gull's character talks about how women used to rule the earth. And men try to oppress women because they are afraid of how powerful they are."

It's six-thirty in the evening. Production has shut down for the day. The crew raises a cheer in Czech, packs up the equipment and breaks out a case of pivo.

As I walk towards the van going back to Prague, Allen steps from his trailer and invites me to join him, his brother and a few of the cast members for dinner that evening. Later, I arrive by taxi at a small, family-run restaurant in the old town section of Prague called Cicala. Allen and Albert are downstairs with a carafe of red wine on the white-linen-covered table, waiting for their guests. Albert is beat. He excuses himself and cuts out early to get some sleep. Shortly afterwards, the others arrive.

Auf dem Whitechapel Set habe ich mir manchmal Gedanken gemacht", sagt sie weiter, „über den Film, in dem es um dieses Elendsviertel geht und die Leute, die da oben sitzen und die Armen manipulieren, die nicht wissen, was eigentlich mit ihnen passiert. Im Film geht es im Grunde um Machtmissbrauch, denke ich."

„Was interessiert Sie an Projekten, die sich mit der Klassenfrage befassen?" erkundige ich mich. Ms. Robinson hat auch „Running on Empty" produziert. Einen Film über ehemalige Klassenkämpfer des Weather Underground, die versuchen, ein Leben als normale Kleinfamilie in einer Vorstadtsiedlung zu führen, aber immer wieder von ihrer Vergangenheit eingeholt werden.

„Meine Familie gehörte der Mittelschicht an. Ich wuchs in Trenton, New Jersey auf, einer Stadt, in der die Arbeiterklasse dominiert. Die High School, die ich besuchte, war sehr groß. Klassenunterschiede waren immer ein Thema. Obwohl mein Vater Arzt war, blieb ich für die Jungs aus Princeton immer ein Townie, weil für sie jeder in Trenton ein Townie war. Ich hatte immer das Gefühl, beide Seiten der Medaille zu kennen. Außerdem war ich Schauspielerin, bevor ich Produzentin wurde. Der erste Film, in dem ich mitspielte, war „Mean Streets". Ich spielte die Rolle der Teresa. Das Thema Klasse hat mich also mein Leben lang beschäftigt, auf die unterschiedlichste Art und Weise. In Amerika wird mit dem Thema Klasse sehr seltsam umgegangen.

„Für Amerika gilt – Rassenunterschiede statt Klassenunterschiede", sage ich. „Die Amerikaner reden nicht über Klassenunterschiede, sondern über die unterschiedlichen

A large, expansive and looming man seats himself in a chair across the table. He has the biggest head I've ever seen in my life. It looks like a cinderblock. Or a glowing Halloween jack-o'-lantern. We're introduced. His name is Robbie Coltrane. I recognize the actor from his scenes earlier that afternoon, but his face is more familiar than that. Then it hits me. He plays Eddie "Fitz" Fitzgerald, the alcoholic forensic psychologist on the British television series "Cracker".

Though it's his last day on set, he's in an exceptionally good mood. Earlier his agent telephoned and told him he had just scored the plum role of Hagrid the Giant in "Harry Potter and the Sorcerer's Stone". Albert greets Coltrane's news by making the Bling! Bling! sound of a cash register's ring.

Coltrane, I discover, is a very funny and very charming man. Over dinner, he tells what is probably an apocryphal Hollywood tale. "Richard Attenborough," he begins, "was in Los Angeles trying to get financing for 'Gandhi'. He brought the project to a young MBA Hollywood exec at one of the studios. He does his pitch. And the exec says to Attenborough – the knighted Sir Richard Attenborough – 'You mean to tell me, you want to make a movie about a little brown man who wears diapers, lives in the gutter and gets killed in the end? I don't think so'."

The party also includes Johnny Depp. He sits in a chair at the table's far end and chain-smokes, his face creased with exhaustion. In contrast to the elegance of the period costume he wore that afternoon, he's dressed simply: looped painter's trousers covered with ball-point ink doodlings on the white

Rassen. In Europa ist es anders, man spricht über Klassenunterschiede. Die Leute begreifen erst jetzt, dass auch dunklere Menschen unter ihnen leben."

„Ich denke gerade an Gore und Bush", sagt Amy. „Der Yale-Absolvent gegen den Havard Boy. Es hat sich nicht viel geändert."

Außer Klassenkampf und Machtmissbrauch, gibt es noch ein weiteres wichtiges Thema in Alan Moores Comic-Roman. Es geht um William Gulls Streben nach Göttlichkeit und der Übertragung von der lunaren dionysischen weiblichen Macht auf die solare apollinische männliche Macht. Untermalt wird dies alles mit okkulten und nietzscheanischen Termini.

In der mythischen Zeit des Matriarchats, als Frauen verehrt wurden und man ihnen göttliche Kräfte zuschrieb, gab es auch geweihte Prostitution. Die Huren waren Heilerinnen. Sex mit diesen geweihten Geschöpfen versprach Heilung, sowohl körperliche als auch geistige. Unter patriarchaler Herrschaft wurde diese Kraft systematisch entwertet. Gulls höchstes Ziel war, durch die Ritual-Morde an den degradierten Priesterinnen von Withechapel und dem Stehlen ihrer magischen Fortpflanzungsorgane, die Kraftlinien der okkulten männlichen Macht zu konsolidieren.

In „Menace II Society", „Dead Presidents" und „American Pimp", haben sich die Hughes Brothers immer wieder, bewusst oder unbewusst, mit Männlichkeit und Identität auseinander gesetzt. Ihr Vater spielte dabei eine exemplarische Rolle. Vor fünf Jahren, bei meinem ersten Interview mit den Brüdern, stellte sich heraus, dass dieser Mann, wie die beiden sagen, ein „Möchtegernzuhälter" war. Ich denke, dass die

surface and a Rage Against the Machine t-shirt with an icon of Che Guevara.

The strange thing about this image on his t-shirt is something I later notice in a photograph taken that evening of Depp, Allen and myself. It set my shaved head's nubs on end. The photograph was taken by the waiter. The composition is clumsy, the pose is awkward and we look like the Three Stooges. But the photograph is clear. What became apparent to me that was not obvious at the time is this – Depp looks exactly like the picture of Che on his chest. In person, Depp does not look like Che Guevara; but in this photograph he does. It's as if he possessed some unnamed ability akin to an undiscovered species of Kirlian photography – a wild talent blasting a blank sheet of photographic paper with forcefully vivid mental and emotional imagery, which, somehow, mysteriously imprints itself on the surface of 35mm film stock.

Depp, I discovered when I shifted seats to speak with him at his end of the table, is in the tradition of Hollywood Reds. I find myself involved in a discussion with him about America's last great revolutionary leader, Fred Hampton. It turns out he's developing a film about the life and murder of the slain Black Panther with actor/producer Marshall Bell. He also tells me about his mission to Cuba with Hunter S. Thompson. They wanted to ferret out an interview with Fidel Castro. It didn't happen.

They did, however, encounter the photographer who took the photo of Che on his Rage Against the Machine t-shirt. The photographer told them the photo occurred purely by chance.

Hughes Brothers das Problem mit „American Pimp" gelöst haben. Es war also nur natürlich, dass sie sich als nächstes ihrer Mutter zuwenden würden.

Da es in „From Hell" um die Wut der Männer geht, nicht gebären zu können, eine Art „Gebärmutterneid", ist dies wahrscheinlich der erste feministische Film, der aus einer schwarzen, heterosexuellen, männlichen Perspektive erzählt wird und den ein kommerzielles Studio herausbringt. Ms. Robinson ist der gleichen Meinung.

„Im Falle des Films hat der Hass auf Frauen ganz sicher ein solche Ursache. Die Hughes Brothers lassen die Frauen sehr lebendig und sympathisch wirken, sie haben Humor, Charakter, sind romantisch. Und der Ripper entfernt das Organ, das ihnen Macht verleiht. Seine Wut kennt keine Grenzen."

Heather Graham gesellt sich zu uns. Im Film spielt sie die tragische Rolle von Mary Kelly, Joys Tochter, die vom Ripper bis zur Unkenntlichkeit verstümmelt wird. Knapp beurteilt sie die Sachlage:

„Männer fürchten die Macht der Frauen. Im Buch spricht Gull darüber, dass die Frauen einst die Erde beherrschten und dass Männer versucht haben, die Frauen zu unterdrücken, weil sie ihre Macht fürchteten."

Es ist halb Sieben am Abend. Schluss für heute. Die Crew lässt einen tschechischen Jubelruf erklingen. Dann wird das Equipment zusammengepackt und eine Kiste Pivo klargemacht.

Als ich auf den Bus nach Prag zugehe, kommt Allen aus seinem Trailor und lädt mich zum Dinner mit seinem Bruder

There was Che. There he was. Snap. And, for decades, that photo has been one of the most reproduced images in the world.

Later, in a suite of rooms possibly occupied by Che' himself at the Praha Hotel, a monolithic showpiece which once hosted visiting dignitaries of the Communist/Socialist regimes before the collapse of the Soviet bloc, Depp talked to me about the Hughes Brothers.

He first met with them four years ago. They had talked about doing a film on Howard Hughes. They were going to do it. It didn't happen. But, at the same time, the Hughes Brothers were also preparing "From Hell". Drawn to things of a dark nature since childhood, Jack the Ripper was right up Depp's alley. So, when they brought the project to him, he jumped on it – "not knowing how much I would fall in love with them".

"They're not afraid of anything," he said. "They're not afraid to say they don't know much about this. And they're not afraid to say – 'No man, this is it. This is what we see' or 'Hey man, this is our film' – they're not afraid to collaborate. That's one of the major, major ingredients. It comes as close as you can in this field of filmmaking to art – to say 'Fuck it, I'm not afraid. Fuck the studios. Fuck this. Fuck that. No, we do things the way we do things and that's why they're art'. And that's rare, man, that's rare."

"The time they took off after 'Dead Presidents'; the process they went through to make 'American Pimp', the way they did it, just solidified the fact that they really are a rare breed. What they did with 'American Pimp' is real film making. Albert's got

und ein paar Schauspielern ein. Später nehme ich ein Taxi zu dem kleinen italienischen Familien-Restaurant namens Cicala, in der Altstadt von Prag. Allen und Albert sitzen an einem weiß gedeckten Tisch mit einer Karaffe Wein und erwarten ihre Gäste. Albert ist völlig erschöpft. Er entschuldigt sich und zieht sich bald zum Schlafen zurück. Kurz darauf erscheinen die Gäste.

Ein imposanter, stattlicher Mann nimmt mir gegenüber Platz. Er hat den größten Kopf, den ich in meinem ganzen Leben gesehen habe, wie ein Ziegelstein oder eine leuchtende Halloween-Kürbislaterne. Man stellt uns vor. Sein Name ist Robbie Coltrane. Ich habe ihn bereits am Nachmittag bei den Dreharbeiten gesehen, doch das war nicht das erste Mal, sein Gesicht kommt mir bekannt vor. Plötzlich fällt mir ein, woher ich ihn kenne. Er ist Eddie „Fitz" Fitzgerald, der alkoholkranke Gerichtspsychologe in der britischen Fernsehserie „Cracker". Obwohl heute sein letzter Drehtag ist, hat er außergewöhnlich gute Laune. Durch einen Anruf von seinem Agent hat er gerade erfahren, dass er eine Hauptrolle ergattert hätte. Er soll Hagrit the Giant in „Harry Potter und der Stein der Weisen" spielen. Albert imitiert anerkennend den Klang einer Registrierkasse, bling!, bling!

Wie sich bald herausstellt, ist Coltrane ein sehr lustiger und charmanter Zeitgenosse. Während des Essens gibt er eine äußerst fragwürdige Hollywood-Anekdote zum Besten:

„Richard Attenborough wollte in Los Angeles Geld für seinen Film ‚Gandhi' auftreiben. Er geht mit dem Projekt zu einem jungen Hollywood Manager von einem der Studios, pitcht seine Idee und der Typ sagt zu Attenborough – dem

a camera. Allen's got a DAT machine. And they go out there and do their stuff. That's it.

And they're great on the set, too. The way Albert does his technical thing, the camera thing, the movement, that sort of liquid motion. And Allen finessing the performance. Still, they blend it all together. And they're both doing the other's job at the same time. Its really two guys being the force of one in a weird way."

Depp concludes his evaluation of the Hughes Brothers by saying:

"Allen gave me one of the greatest pieces of direction I've ever gotten. He came in on this one scene, leaned up in my ear and said, 'No sunshine. No sunshine'. Walked out. Action. It was beautiful. Just those two words. Everything just fell into place. It was perfect. They're the real deal. No question."

The next morning, the television set in my hotel room automatically turns itself on. And, in an instance of what Swiss psychologist Carl Gustav Jung defined as 'synchronicity', I wake up to a BBC World News report that Mohamed Al Fayed has held a press conference discussing the Federal civil suit he's filed against the U.S. government: demanding the release of all classified documents shedding light on the causes of the death of his son, Dodi Al Fayed, and Princess Diana of Wales, in a Parisian traffic-tunnel three years before.

This is too weird. I'm on assignment in Prague, covering a movie about a Masonic murder-conspiracy in the 19th century covered up by the British throne, based on a work of pure comic-book fiction; and my 21st century t.v. set wakes me up

Ritter Sir Richard Attenborough: ‚Sie meinen also, Sie wollen einen Film über einen kleinen, braunen Mann machen, der Windeln trägt, in der Gosse lebt und am Ende ermordet wird? Das kann doch wohl nicht ihr Ernst sein!!'"

Johnny Depp ist ebenfalls unter den Gästen. Er sitzt am anderen Ende des Tisches, raucht Kette. Er wirkt abgespannt und erschöpft. Im Gegensatz zu dem eleganten zeitgenössischen Kostüm, das er am Nachmittag getragen hat, ist er jetzt eher simple gekleidet: weiße Malerhose mit Kugelschreiber-Kritzeleien und ein Rage Against the Machine-T-Shirt mit Che Guevara Ikone.

Später, als ich ein Foto, das an diesem Abend von Depp, Allen und mir gemacht wurde, genauer betrachte, fällt mir etwas seltsames auf. So seltsam, dass meine kurz geschorenen Haare zu Berge stehen. Es hat mit dem Bild auf dem T-Shirt zu tun. Der Kellner hat uns fotografiert. Es ist kein guter Bildausschnitt und wir stehen ziemlich steif und unbeholfen da, wie die drei Stooges, doch sonst ist alles deutlich zu erkennen. Was mir nicht gleich aufgefallen ist: Depp sieht aus wie Che Guevara auf seinen T-Shirt. In Wirklichkeit sieht er natürlich nicht so aus, aber auf der Fotografie. Als besäße er die namenlose Gabe, ähnlich wie die unentdeckten Geschöpfe auf einem kirilianischen Foto – ein wildes Talent, sich in ein leeres Blatt Fotopapier mit eindrucksvoll lebendiger, mentaler und emotionaler Vorstellungskraft einzubrennen und ein geheimnisvolles Selbstbildnis auf 35 mm Filmmaterial zu hinterlassen.

Ich rücke ein paar Plätze weiter und setzte mich neben Depp. Bald stelle ich fest, dass er in Hollywood zu den

early in the morning with a real-life plot line straight "From Hell": the owner of Harrod's is charging the British Crown is behind a conspiracy in the murder of his son and Princess Di for precisely the same reason "From Hell" claims five prostitutes were murdered in Whitechapel in 1888 – the pollution of the royal bloodline!

The Hughes Brothers and I agreed to talk during lunch. On the table outside their trailer is a bottle of Moet Champagne and a two-layer, vanilla-frosted cake, elaborately decorated with candy roses, spurts of green confection and thin wedges of white chocolate. It's Joanna Page's last day on set. Her character, Annie Crook, is the reason for the story's "inciting incident", setting the rest of the tale in forward motion. I do not know her work. I have never seen her before. But when she comes out to cut her cake, I find myself staring into the face of one of the most beautiful women I have ever seen in my life...

... even with her features grotesquely brutalized by prosthetic makeup. She looks as though she's stepped from a canvas by French painter Romain Slocombe or out of a photo by Japanese photographer Nobuyoshi Araki – figures of scarred and bleeding women, bandaged and neck-braced, with arms or legs or both set in plaster casts. The work is invasive and voyeuristic. And it's exactly how I feel watching Ms Page cut her cake.

But despite her artificially-applied bruises, the vaginal lobotomy-scar splitting her forehead, the dirt and shorn patches of Raggedy-Ann hair, a luminously angelic beauty

„Roten" gehört. Unser Gespräch bringt uns auf Fred Hampton, einen der letzten großen amerikanischen revolutionären Führer. Gemeinsam mit dem Schauspieler und Produzenten Marshall Bell arbeitet Depp an der Entwicklung eines Films über das Leben des ermordeten Black Panther-Mitglieds. Dann erzählt er mir von seiner Reise nach Cuba mit Hunter S. Thompson. Die beiden haben versucht auf verschlungenen Pfaden ein Interview mit Fidel Castro zu ergattern. Es ist nichts daraus geworden.

Auf alle Fälle haben sie dort den Fotografen kennengelernt, der das Bild von Che geschossen hat, das auf besagtem Rage Against the Machine T-Shirt. Der Fotograf erklärte, es sei alles reiner Zufall gewesen. Da war Che. Da war er. Klick. Seit Jahrzehnten gehört dieses Bild nun schon zu den meist reproduzierten Fotografien der Welt.

Später im Praha Hotel, einem gigantischen Repräsentationsobjekt, in dem vor dem Zusammenbruch die Würdenträger der kommunistischen/sozialistischen Regimes abgestiegen sind, in einer Suite, die vielleicht einmal vom großen Che persönlich bewohnt wurde, erzählt mir Depp von den Hughes Brothers.

Vor fünf Jahren waren sie sich zum ersten Mal begegnet. Man sprach davon, einen Film über Howard Hughes zu drehen. Man einigte sich, doch es wurde nichts daraus. Zur gleichen Zeit liefen die Vorbereitungen für „From Hell". Depp fühlte sich von Kindheit an zu dunklen mysteriösen Dingen hingezogen. Jack the Ripper war also genau nach seinem Geschmack. Als die Hughes Brothers mit dem Projekt zu ihm

shines through the rubber and greasepaint. Maybe that's the point.

I tell her this. Her eyes spark like two fireflies.

Allen cuts the moment short.

It is time for work.

Trip to Terezín

"One day men will look back and say, I gave birth to the Twentieth century"

Jack the Ripper, 1888
(Opening Title Card "From Hell", the movie)

Before Ms. Robinson's invitation, I'd not set foot inside any of the concentration camps scattered throughout Germany, Poland, Hungary, and Czechoslovakia in the two and a half years I'd lived in Europe. I was reluctant to go. I needed a broader and more sensitive understanding of both German history and its people before I wrestled the critters writhing in that particular snake pit. Otherwise, I'd be no more than a rube under the canopy of a freak tent, gawking at displays of two-headed babies pickled in jars of formaldehyde. Despite his repeated viewing of "Snow White", and his special war-time relationship with Uncle Walt, the camps were not Hitler's prototype for Disneyland. Visiting the camps without an informed and balanced perspective, I felt, would be indulging in the kind of voyeuristic morbidity one reserves for the scene of a multiple car wreck. For me, it was a question of respect for both the living and the dead.

kamen, war er sofort begeistert. „Damals wusste ich noch nicht, wie sehr ich mich in sie verlieben würde“.

„Sie haben vor nichts Angst“, sagt er, „sie haben keine Angst zu sagen, sie wüssten darüber nicht so gut Bescheid. Und sie haben keine Angst zu sagen ‚Nein Mann, so läuft es. Wir stellen uns die Sache so vor‘ oder ‚Hey Mann, das ist unser Film‘ – sie haben keine Angst davor, mit jemandem zusammenzuarbeiten. Das ist eine der wichtigsten, wichtigsten Komponenten. Beim Film kommt das so einer Sache wie Kunst am allernächsten – wenn man sagt, ‚Scheiß drauf, ich habe keine Angst. Scheiß auf die Studios, Scheiß auf dies. Scheiß auf das. Nein, wir machen es so, wie wir es machen und darum ist es Kunst‘. Und so etwas ist selten, Mann, das ist selten.

Die Pause, nach ‚Dead Presidents‘; die Erfahrungen, aus ‚American Pimp‘, die Art wie sie den Film gemacht haben, zeigt nur, dass solche Typen rar sind. Was sie mit ‚American Pimp‘ angestellt haben, ist echtes Filmemachen. Albert hat eine Kamera. Allen hat eine DAT Maschine. Und die beiden gehen los, und ziehen ihr Ding durch. So läuft es.

Beim Drehen sind sie auch großartig. Die Art wie Albert das mit der Technik handhabt, die Kamera Geschichte, die Fahrten, diese fließenden Bewegungen und die Finesse mit der Allen die Regie führt... beides wird miteinander vermischt. Und gleichzeitig machen sie jeweils die Arbeit des anderen. Es ist wirklich so, als ob auf verrückte Art hinter zwei Typen der Geist von einem steckt.“

Depp beendet seine Einschätzung der Hughes Brothers mit folgender Geschichte:

But, in a "journalistic" capacity, parallels could be drawn between the horrific reality of the camps and the foam-rubber horrors devised by the set's technicians. So I went along. We piled into two cars and left the monastery's grounds.

Our destination was a town the Nazis once called "Theresienstadt".

Ironically, Theresienstadt was also once used as a kind of movie set. In what could be interpreted as a National Socialist vision of Palestine, the Nazis said they were merely resettling the Jews in a town of their own. Its purpose was to show the world the Jews had nothing to fear from Nazi Germany. A propaganda film was produced giving credence to this deceitful claim. It was called, "The Führer Gives a City to the Jews".

With its images of "happy" and "industrious" Jews, the film was infused with the kind of paternalism reminiscent of the fictions of "contented" banjo-pluckers buckdancing with the boll weevils in the American south. The film's director was later erased.

The town's creation came about in this way. The International Red Cross, hearing rumors of malfeasance, requested a tour of the Czech ghetto. And the town was erected, employing all the trickery available to any big studio production. The actual camp, Terezin, located only a few miles away, was prison for many of Europe's leading artists and intellectuals, who were permitted to pursue their "Entartete Kunst" (decadent art) under watchful armed guard. Selected inmates were temporarily moved into this "town" of smoke and mirrors.

„Allen hat mir eine der großartigsten Regieanweisungen gegeben, die ich jemals bekommen habe. Er kam an, während dieser einen Szene, beugte sich vor und flüsterte mir ins Ohr, ‚Kein Sonnenschein. Kein Sonnenschein.' Geht weg. Aktion. Es war so schön. Nur diese zwei Worte. Alles passte zusammen. Es war perfekt. So muss es sein. Keine Frage."

Am nächsten Morgen schaltet sich der Fernseher in meinem Hotelzimmer von ganz alleine ein. Und in einem Moment, den der Schweizer Psychologe C. G. Jung „Synchronizität" genannt hat, wache ich auf. In einer Nachrichtensendung der BBC wird gerade über Mohamed Al Fayed berichtet. Es geht um eine Pressekonferenz über die Zivilklage, die er gegen die U.S. Regierung erhoben hat, und in der er die Herausgabe aller Geheimdokumente fordert, die eventuell Licht in den Fall bringen – den Tod seines Sohnes Dodi Al Fayed und der Prinzessin Diana von Wales in einem Pariser Verkehrstunnel vor drei Jahren.

Das ist zu verrückt. Ich bin in Prag und habe den Auftrag, über einen Film zu berichten, in dem es um eine viktorianische Logen-Mord-Affäre geht, die durch das britische Königshaus gedeckt wird. Das Ganze basiert auf einer fiktiven Comic-Geschichte. Und ich werde früh am Morgen von meinem Fernseher aus dem 21ten Jahrhundert geweckt, mit einem ganz realen Plot direkt „aus der Hölle": der Besitzer von Harrod's behauptet, die britische Krone sei in den Mord an seinem Sohn und an Prinzessin Di verwickelt. Die Morde in „From Hell" an den fünf Prostituieren, im Jahre 1888 in Withechapel geschahen aus denselben Motiv-Verunreinigung der königlichen Blutlinie.

When the Red Cross arrived, Theresienstadt, with its artificially-constructed facades of storefronts, banks, cafes and schools, looked like a trendy art colony in Vermont. Red Cross representatives were treated to demonstrations by athletic clubs and choirs of singing, star-patched children. The ruse worked. They left satisfied with their findings. And the children were herded on to trains headed for Auschwitz, murdered and turned to ash.

But Theresienstadt wasn't where we stopped – or, more precisely, we didn't stop at our fanciful, movie-set notion of Theresienstadt. The Czech driver who led our two-car caravan parked in front of a graveyard spread before an old, low-walled fortress. The cemetery was laid out in a mosaic of stone and grass with a simple wooden cross standing sentry in the middle. This was Terezin, the Czech spelling of Theresienstadt (=city). I didn't want to get out of the car.

Despite my childhood obsession with all things horror, I understood the acute difference between a Saturday Matinee spook-show and the inhumanity documented in a holocaust newsreel. And the latter gave me nightmares. I would have suffocating dreams combining the locked coffins of E.A. Poe's "Premature Burial" with the red glow of the crematorium.

As a child, I couldn't imagine anything more horrifying than being strapped to a wooden pallet and shoved inside an oven like a sheet of cookies shaped like little Gingerbread men. It was my Room 101. Such was the power of Hansel and Gretel.

My mother didn't comfort me. She only reinforced my fears, instilling a healthy paranoia necessary to the psychic

Die Hughes Brothers und ich beschließen, unser Gespräch beim Lunch fortzusetzen. Auf dem Tisch vor ihrem Trailer steht eine Flasche Moët Champagner und eine Cremetorte aus zwei Schichten mit Vanilleglasur, aufwendig dekoriert mit Marzipan-Rosen, grünem Zuckerguss und zarten Ecken weißer Schokolade. Es ist Johanna Pages letzter Drehtag. Sie spielt die Rolle der Annie Crook, deren Auftreten zum „Initialmoment" führt, der den Rest der Geschichte in Gang bringt. Ich kenne ihre Arbeit nicht. Ich bin ihr nie zuvor begegnet, aber als sie ankommt, um ihren Kuchen anzuschneiden, blicke ich in das Gesicht einer der schönsten Frauen, die ich in meinem ganzen Leben sehen habe...

... und das, obwohl ihre Gesichtszüge mit prothetischem Make-up auf groteske Art verschandelt wurden. Sie scheint gerade aus einem Gemälde des französischen Malers Romain Slocombe geklettert zu sein, oder aus einem Foto des japanischen Fotografen Nobuyoshi Araki – Bilder von verwundeten und blutenden Frauen, mit Bandagen und Halskrause, Arme oder Beine oder beides in Gipsverband – verstört und voyeuristisch. Und genauso fühle ich mich, als ich Ms. Page beim Zerteilen ihres Kuchen zusehe.

Trotz ihrer künstlichen Blessuren, der vulvaförmigen Lobotomienarbe, die ihre Stirn spaltet, den dreckigen Büscheln Puppenhaar, leuchtet eine engelhafte Schönheit durch die Make-up-Fassade. Das ist es wahrscheinlich.

Als ich es ihr sage, strahlen ihre Augen wie zwei Leuchtkäfer.

Allen unterbricht uns.

Es ist Zeit für die Arbeit.

survival of any black person living in the USA Though my mother had lived through WW II, she didn't suffer from the mental disorder similar to the one which afflicted the mother of Allen Ginsberg and moved him to write his poem "Kaddish". No, she was a startling sane and wide-awake black woman.

In the nineteen sixties, when cities across America burned in a series of ghetto uprisings, my mother sat me down one night and explained the provision for mass-prison camps in the U.S. under Title II of the McCarran Internal Security Act of 1950[1].

I was both dismayed and perplexed. The idea of concentration camps on US soil contradicted every notion I'd been taught to believe about America.

Scowling at my naivete, my mother explained how during WW II President Truman ordered the "relocation" of more than 110,000 Japanese-Americans to "detention centers" in the US "What's there to prevent this from happening again?" she asked. "To black people?"

Indeed, it was true. Even in 1942, American Blacks were placed in these detention camps if they also happened to be married to a Japanese American. It was after this I stopped standing for the Pledge of Allegiance.

I was eleven years old.

1 "*The McCarran Act required the registration of all Communist Party members, prohibited any Party member from working in a defense facility, holding office with a labor organization, or, among other things, obtaining a passport, and sometimes required the deportation of past or present Party members*" Jennifer A. Beall, "Are We Only Burning Witches? The Antiterrorism and Effective Death Penalty Act of 1996's Answer to Terrorism" (Source: the web) Note: The McCarran Act was repealed in 1968.

Reise nach Terezín

„Eines Tages wird die Menschheit zurückblicken und sagen, dass ich das 20. Jahrhundert eingeleitet habe."

Jack the Ripper, 1888
(Zitat im Vorspann des Films „From Hell")

Vor Ms. Robinson Einladung, habe ich in den zwei Jahren, die ich in Europa lebe, keinen Fuß auf den Boden eines der Konzentrationslager in Deutschland, Polen, Ungarn oder Tschechien gesetzt. Ich bin davor zurückgeschreckt. Ich wollte mehr über die deutsche Geschichte und die Menschen erfahren, bevor ich mit Kreaturen ringe, die sich in einer gefährlichen Schlangengrube wie dieser krümmen. Sonst wäre ich mir wie ein Tolpatsch vorgekommen, der unter dem Zeltdach einer Jahrmarktbude die ausgestellten, in Formaldehyd eingelegten Babys mit zwei Köpfen angafft. Obwohl sich Hitler des öfteren „Schneewittchen" angesehen hat und während des Krieges eine besondere Beziehung zu Onkel Walt pflegte, waren die Lager kein Vorbild für Disneyland. Hätte ich die Konzentrationslager ohne Hintergrundwissen und einen ausgewogenen Standpunkt besucht, wäre ich mir wie ein Voyeur vorgekommen, der sich an etwas Morbiden wie einer Massenkarambolage ergötzt. Für mich war es eine Frage des Respekts, sowohl für die Lebenden, als auch für die Toten.

Doch mit „journalistischen" Mitteln wäre es möglich, Parallelen zu ziehen, zwischen der grauenvollen Realität der Lager und dem Schaumgummi-Horror der Film-Ausstatter. Also kam ich mit. Wir quetschten uns in zwei Autos und verließen das Klostergelände.

Finally, I coaxed myself from the car. Our group walked along the rim of the cemetery. The inscription on the fortress' gate read, "Arbeit macht frei" (Work makes free). We paid for our tickets. In return, we were given brochures with a tiny map.

Terezin was built in the late eighteenth century. From the beginning, it served the dual function of fortress and prison against invading Turks and various freedom fighters. The Gestapo took it over in 1940. More than ninety thousand Romany, Communists, Jews, Anti-Nazi resistance fighters, POWs and assorted Non-Aryan Others were imprisoned there.

Today, Terezin is a symbolic reminder and warning. Though old and impoverished, the barracks are swept of dust and history. It is orderly and clean. There are even boxes of flowers in bright bloom.

There are no cadaverous slave workers. There are no sadistic guards with guns and unmuzzled dogs. It is all memory now. Only the signifiers are left. It is the responsibility of the spectator to reimagine the past and its horrors.

But I cannot think about the past. Terezin forces me to think about how the past impacts on the present. Exploring the grounds, maintaining distance between myself and groups of shutterbug tourists, I think about the Hughes Brothers, the circumstances of their familial upbringing and the fact their mother's people were the twentieth century's earliest victims of massive genocidal slaughter. In 1915, Turkey's Armenians were removed from their homes, placed in "relocation centers" in the desert and left to starve and die of thirst. I think about black-on-black genocide in Rwanda, how black skin doesn't exempt one from behavior we aware, Afro-pride types associate with sick-

Unser Ziel war ein Ort, der damals von den Nazis „Theresienstadt“ genannt wurde.

Die Ironie daran – Theresienstadt wurde auch einmal als eine Art Film-Set benutzt. Eine nationalsozialistische Vision von Palästina, wenn man so will. Die Nazis behaupteten, sie wollten die Juden umsiedeln, in eine Stadt, die ihnen ganz allein gehörten sollte. Man wollte der Welt zeigen, dass die Juden in Nazi-Deutschland nichts zu befürchten hatten. Es wurde sogar ein Propagandafilm gedreht, der die Glaubwürdigkeit dieser trügerischen Behauptung unterstreichen sollte. Der Titel des Films war, „Der Führer schenkt den Juden eine Stadt.“

Mit seinen Bildern von „glücklichen“ und „arbeitsamen“ Juden, hatte der Film etwas bevormundendes an sich, ähnlich wie die Märchen von „zufriedenen“ Banjo-Spielern im amerikanischen Süden, die mit den Baumwollkäfern „Buck and Wing“ tanzen. Der Regisseur des Films wurde später liquidiert.

Die Entstehungsgeschichte der Stadt ist folgende. Es gab Gerüchte über Gesetzesübertretungen im tschechischen Ghetto. Das Internationale Rote Kreuz erfuhr davon, und wollte das Ghetto inspizieren. Also wurde Theresienstadt gebaut, wobei alle Tricks einer großen Studio-Produktion angewandt wurden. Im eigentlichen Lager, Terezín, nur wenige Kilometer entfernt, waren viele bedeutende europäische Künstler interniert. Unter den Augen der bewaffneten Wächter war es ihnen erlaubt, ihrer „Entarteten Kunst“ nachzugehen.

Als das Rote Kreuz eintraf, wirkte Theresienstadt mit seinen künstlichen Geschäftsfassaden, Banken, Cafés und Schulen, wie eine schicke Künstlerkolonie in Vermont. Sportveranstaltungen

in-the-head white folks. For some odd reason, while strolling through the prison's wood and brick bunkhouse, maybe because of the brown-skinned presence of Veronika Hladikova, Heather Graham's multilingual Czech assistant, I recall the night I told my ex-roommate, Thorsten, to kiss my black ass and called him a "Caucasian muthafucka". In response, he cocked an eyebrow and replied: "Caucasian?! The Nazis were trying to exterminate Caucasians! We are Aryans! Caucasians are Russian peasants, you stupid American!" Thorsten's comment was an instance of dark Berliner humor. It's one of the fundamental reasons why I live here. Laughter in the grim face of the Apocalypse. Mostly, I think about my "homeland", and its long history of forty-one bullets and nothin' on.

The real point is genocide doesn't begin or end with National Socialism. Beyond all of its lurid cartoon shocks, "From Hell" vividly depicts a period in history when the deliberate infliction of "conditions of life calculated to bring about the physical destruction of a national, ethnical, racial or religious group in whole or in part"[2] also amounted to nothing less than genocide, long before Hitler introduced the world to Zyklon B.

Conditions in 19th century Ireland contributed to the conditions in London's Whitechapel district. Imperial England insisted on the "absolute rights of landlords" who evicted some 50,000 tenant farmers and their families from their homes in Ireland during the Great Famine of the 1800s. Many ended up living in the squalor of London's ghettos.

[2] The United Nations' Genocide Convention of 1948.

und singende Kinder mit Davidstern waren Teil des Unterhaltungsprogramms, das den Delegierten der Hilfsorganisation geboten wurde. Das Täuschungsmanöver verfehlte seine Wirkung nicht. Zufrieden zog die Delegation wieder ab. Die Kinder wurden zusammengetrieben in Güterzüge nach Auschwitz verfrachtet, getötet und zu Asche verbrannt.

Doch in Theresienstadt machten wir nicht halt, genauer gesagt, nicht in dem Theresienstadt, das wir uns in unserer im Filmphantasie vorstellen. Der tschechische Fahrer, der unsere kleine Autokarawane anführte, parkte an einem Friedhof vor einem alten, niedrigen Festungsbau. Der Friedhof bestand aus einem Mosaik aus Steinen und Gras. In der Mitte war ein schlichtes Holzkreuz postiert. Das also war Terezín, der tschechische Name für Theresienstadt. Ich wollte nicht aus dem Auto steigen.

Obwohl ich schon als Kind ein begeisterter Horrorfan war, begriff ich sehr wohl den Unterschied zwischen den Gruselfilmen am Samstagmorgen und den Gräueln einer Holocaust-Dokumentation. Letztere bereitete mir Alpträume. In diesen Träumen kombinierte ich die rote Glut der Krematorien mit drückenden Visionen verschlossener Särge à la E.A. Poe's „Scheintoten". Nichts konnte grauenvoller sein, als die Vorstellung, wie ein Lebkuchenmännchen, auf eine lange Brotschaufel geschnallt, in den Ofen geschoben zu werden. Das war mein „Room 101", der überwältigende Einfluss von Hänsel und Gretel.

Meine Mutter versuchte nicht, meine Furcht zu lindern. Im Gegenteil, sie verstärkte meine Ängste noch, indem sie mir ein gesundes Maß Paranoia einflößte, lebenswichtig für die Psyche

The movie drives home the point class antagonisms in England produced, not a "war on poverty", but a "war on the poor" with its chilling sequences of a stately, horse-drawn Death Coach rattling across the dung-stained cobblestones of Whitechapel. As the Ripper sits inside, plying his victims with goblets of drugged Absinthe and fresh grapes, one will recognize an eerie parallel to the mobile extermination units prowling the streets of the Warsaw ghetto.

Terezin is a product of what Hannah Arendt once identified as "the banality of evil". This is the work of methodical and efficient adminstrators who reapplied Ford's principles of assembly line production to the destruction of human beings.

I look, I examine the dried bones, if you will, of history. My thoughts are cold, dispassionate, removed. Its finality, its impotency, its horror is tedious. I've seen it all before in grainy black and white, in color in "Schindler's List". And I've seen it in my dreams: the witch, the baker, the cookie maker.

We pass through the hospital block, the delousing room, the baths. Ms Robinson and I caress the belly of a small iron furnace outside the showers, thinking it was used for the incineration of human bodies.

It's so small, was it reserved for children?

We jump back, shivering at the thought. But no, it was just a water heater. Strangely, this is a comforting thought. Later, reading Hannah Arendt's eye-opening account of the Adolf Eichmann trial in Jerusalem, I learn Terezin was not an extermination camp per se. It was, indeed, a "showcase" stetel; reserved for the Nazi's curious classification of "privileged" Jews.

aller in den U.S.A. lebenden Schwarzen. Obwohl meine Mutter den Zweiten Weltkrieg miterlebt hat, hatte sie keinen seelischen Schaden genommen wie etwa Allan Ginsbergs Mutter, die ihn dazu bewegen konnte das Gedicht „Kaddish" zu schreiben. Nein, sie war eine erstaunlich gesunde und aufgeweckte schwarze Frau.

In den Sechziger Jahren während der Ghetto-Aufstände, als in ganz Amerika die Städte brannten, nahm mich meine Mutter beiseite und erzählte mir etwas über Paragraph II des McCarran Internal Security Act von 1950[1], einem Erlass über Gefängnislager in den Vereinigten Staaten.

Ich war bestürzt und fassungslos. Der Gedanke, dass es auf dem Boden der Vereinigten Staaten Konzentrationslager geben konnte, stand im völligen Widerspruch zu allem, was man mir über Amerika beigebracht hatte.

Meine Mutter verzog das Gesicht. Wie konnte ich nur so naiv sein. Während des Zweiten Weltkriegs ließ Präsident Truman mehr als 110.000 Japano-Amerikaner in Gefangenenlager „umsiedeln", erklärte sie. „Wer sagt, dass so etwas nicht wieder passiert? Mit den Schwarzen?"

Sie hatte recht. 1942 wurden sogar schwarze Amerikaner interniert, sofern sie mit Japano-Amerikanern verheiratet

1 *„Der MacCarran Act forderte die Erfassung aller Mitglieder der kommunistischen Partei, untersagte allen Parteimitgliedern die Arbeit in militärischen Einrichtungen oder das Bekleiden eines Amt in einer Gewerkschaftsorganisation. Parteimitglieder durften u.a. keinen Reisepass besitzen. In bestimmten Fällen konnten Parteimitglieder oder auch ehemalige Parteimitglieder deportiert werden."* Jennifer A. Beall, „Are We Only Burning Witches? The Antiterrorism and Effective Death Penalty Act of 1996's Answer to Terrorism" (Quelle: das Web) Nachtrag: Der McCarran Act wurde 1968 aufgehoben.

We came to a spot on our map marked area seventeen. Area seventeen is an underground tunnel. According to our brochure, it is part of Terezin's original fortification system. It extends for at least half a mile, ending at a field where prisoners were once stood against a wall and shot. For two hundred and fifty of Terezin's inmates, this was their final walk.

As we begin our tour through the tunnel, I'm reminded of a photo hanging on a wall in my family's home. My father took it during one of his early trips to Senegal. He snapped it on Goree Island. It is called "The Door of No Return". Over twenty million African men, women and children shackled in chains passed through that door, loaded into the slave ships' cargo holds, never to see their homeland again. In the photo, the passage is dark and narrow with a glimpse of sky-blue sea stretching off into infinity.

Doomed beings walked Terezin's underground corridor. Most cruel of all, they were given time to think. Death did not come quickly. It takes twenty minutes to complete the walk. That's a lot of time to reflect.

What do you think when you know you are about to be executed by men, not monsters, who say you are no better than rats? What thoughts float through your mind?

The designs of sadistic men control these thoughts, too.

The tunnel is narrow and white walled with low, rounded ceilings. It's dim, nearly dark. Acoustics are hollow and stark. There is little room to move. You cannot stretch your arms. You cannot lift your head. In the gloom, you stink with despair.

As you approach a juncture, believing the tunnel's end is just around the corner, the passage widens. It is filled with

waren. Das „Gelöbnis der Loyalität zur Flagge und Nation“ kam für mich seither nicht mehr in Frage.

Ich war elf Jahre alt.

Schließlich konnte ich mich doch dazu durchringen, das Auto zu verlassen. Unsere Gruppe lief am Friedhof entlang zur Befestigungsanlage. Über der Eingangspforte hing ein Schild mit der Aufschrift „Arbeit macht frei“.

Wir bezahlten unsere Tickets. Dafür gab man uns Informations-Broschüren mit einem kleinen Lageplan.

Terzín wurde Ende des 18ten Jahrhunderts erbaut. Von Anfang an diente es als Bollwerk gegen die Eroberungsfeldzüge der Osmanen und als Gefängnis für etliche Freiheitskämpfer. Ab 1940 war Terzín in der Hand der Gestapo. Über neunzigtausend Roma, Kommunisten, Juden, Regime-Gegner, Kriegsgefangene und verschiedene Nicht-Arier wurden hier interniert.

Heute ist Terzín Gedenkstätte und Mahnmal. Die Baracken sind alt und herunterkommen, zeigen jedoch keine Spuren von Staub und Geschichte. Alles ist ordentlich und sauber. Sogar Blumenkästen hat man aufgestellt.

Es sind keine toten Arbeitssklaven zu sehen und keine sadistischen Lageraufseher mit Gewehren und kläffenden Hunden. Das alles ist Geschichte. Die Bedeutung ist geblieben. Es obliegt dem Betrachter, die Vergangenheit und ihre Schrecken wachzurufen.

Doch ich kann nicht nur an die Vergangenheit denken. Terzín bringt mich zum Nachdenken über die Beziehung der Vergangenheit zur Gegenwart. Ich durchforsche das Gelände

light. With that light is a twinge of hope. For a few moments, you are able to breath. Almost. The passage darkens and narrows once more.

This macabre pattern is repeated over and over again. It's not unlike the architecture of a funhouse. Or the structure of a horror movie. The tunnel's construction depends on the constant interplay of constriction and expansion; suffocation and breath; dark and light; hope and despair. The further I proceed, the more I am overwhelmed by feelings of suffocation. No matter how "removed" I try to be, it's glaringly apparent the walls of Terezin sweat with the residues of terror. I can't see it but I can feel it. I can hear it. I know it's there. The walls reverberate with screams, echoing in my head.

Finally, when we exit the tunnel, another odd thought occurs to me. As the Doksany monastery is not so far away, it's not unlikely many were murdered on its grounds. If this is true, and Jack the Ripper, as the movie claims, gave birth to the twentieth century, the ghosts left by his children will haunt its frames.

und halte mich von fotografierwütigen Touristengruppen fern. Ich mache mir Gedanken über die Hughes Brothers, wie sie aufwuchsen und dass ihre Vorfahren die ersten Opfer genocidaler Massenvernichtung waren. In der Türkei wurden 1915 die Armenier aus ihren Häusern vertrieben und in Lager in der Wüste umgesiedelt, wo sie hungerten und verdursteten. Ich denke an den Völkermord der Schwarzen untereinander in Ruanda und dass auch Menschen mit schwarzer Haut nicht vor solchen Handlungen zurückschrecken. Afro-Pride-Typen sind nicht viel besser als dumme, reaktionäre Weiße. Während ich so durch die Bauten der Anlage streife, fällt mir etwas ein, ich weiß nicht warum, vielleicht liegt es an meiner Begleitung, der dunkelhäutigen Veronika Hladikova, Heather Grahams polyglotter Assistentin. Eines Abends hatte ich zu meinem früheren Mitbewohner Thorsten gesagt, „kiss my black ass", und nannte ihn einen „kaukasischen Muthafucka". Er zog eine Augenbraue hoch und erwiderte: „Kaukasisch?!! Die Nazis haben versucht, die Kaukasier auszurotten! Wir sind Arier! Kaukasier sind russische Bauern, du blöder Amerikaner!" Thorstens Kommentar ist typisch für schwarzen Berliner Humor. Einer der Gründe warum ich hier lebe. Lachen im Angesicht der Apokalypse. Oft denke ich an mein Heimatland und seine lange Geschichte der forty-one bullets and nothin'on.

Völkermord beschränkt sich nicht allein auf den Nationalsozialismus. Hinter all den schauerlich Schockeffekten in „From Hell", steckt die lebendige Auseinandersetzung mit einer Zeit, in der „Handlungen, in der Absicht begangen wurden, eine nationale, ethnische, rassische oder

religiöse Gruppe als solche ganz oder teilweise zu zerstören[2], was letztendlich Völkermord bedeutet, und das lange vor Hitler und Zyklon B.

Die Lebensumstände im Irland des 19ten Jahrhundert hatten indirekten Einfluss auf die Lebensumstände im Londoner Whitechapel. Das imperialistische England bestand auf das „uneingeschränkte Recht der Verpächter", die während der großen Hungersnot circa 50.000 Bauern und ihre Familien aus ihren Häusern vertrieben. Viele von ihnen endeten in den Londoner Elendsvierteln.

Der Film macht deutlich, dass der Antagonismus der Klassen in England nicht zu einem „Krieg gegen Armut" geführt hat, sondern zu einem „Krieg gegen die Armen". Das zeigen gespenstische Sequenzen, in denen die imposante, von Pferden gezogene Todeskutsche, über das dreckige Kopfsteinpflaster von Whitechapel rattert. Drinnen sitzt der Ripper und versorgt seine Opfer mit einem Cocktail aus Drogen, Absinth und frischen Pampelmusen. Ähnlich wie die mobilen Tötungskommandos, die das Warschauer Ghetto in Furcht und Schrecken versetzen.

Terzín ist Produkt dessen, was Hannah Arendt einmal als „Banalität des Bösen" bezeichnet hat. Dahinter steckt eine planvoll und effektiv arbeitende Verwaltung, die fordistische Methoden der Fließbandproduktion auf die Vernichtung von Menschen anwendet.

2 Artikel II der UN Konvention zur Verhütung und Bestrafung von Völkermord von 1948.

Ich betrachte, ich untersuche die nackten Knochen, wenn man so will, der Geschichte. Meine Gedanken sind kalt, leidenschaftslos, distanziert. Das Endgültige, das Ohnmächtige, Schreckliche ist ermüdend. Ich habe alles schon einmal gesehen, in Schwarzweiß in Farbe in „Schindlers Liste". Und ich habe es in meinen Träumen gesehen: the witch, the baker, the cookiemaker. Wir durchqueren den Krankenhausblock, den Entlausungsraum, das Bad. Ms. Robinson und ich streicheln über den Bauch einer kleinen eisernen Feuerungsanlage. Wir nehmen an, dass hier Leichen eingeäschert wurden.

Der Ofen ist so klein, ob er für Kinder bestimmt war?

Bei diesem Gedanken überkommt uns beiden das kalte Grausen. Doch es ist nur ein Heizkessel für Wasser, seltsam, ein beruhigender Gedanke. Als ich später Hannah Arendts aufschlussreichen Bericht über den Adolf Eichmann Prozess in Jerusalem lese, wird mir erst klar, dass Terezín kein eigentliches Vernichtungslager war. Es war tatsächlich ein Potemkinsches Dorf für Besucher aus dem Ausland, ein Vorzeige-Schtetl, bestimmt für „privilegierte" Juden, die von den Nazis klassifiziert und ausgesiebt wurden...

Wir kommen zu einem Punkt, der auf unserem Lageplan mit Sektor siebzehn gekennzeichnet ist. Sektor siebzehn ist ein unterirdischer Tunnel, laut Broschüre, Teil der alten Befestigungsanlage. Er ist mindestens eine halbe Meile lang und mündet in ein Feld, auf dem die Gefangenen früher an die Wand gestellt und exekutiert wurden. Für zweihundertfünfzig Lagerinsassen war dies der letzte Gang vor ihrer Hinrichtung.

Als wir durch den Tunnel laufen, erinnere ich mich an ein Foto, dass im Haus meiner Familie an der Wand hängt. Mein Vater hat es während einer seiner Reisen in den Senegal aufgenommen, auf der Insel Gorée, auch genannt „Die Tür, durch die man nicht zurückkehrt". Über zwanzig Millionen Afrikaner, Männer, Frauen und Kinder gingen durch diese Tür, in Ketten gelegt, wurden hier in die Schiffe verfrachtet, um ihr Heimatland für immer zu verlassen. Der Tunnel auf dem Foto ist dunkel und eng, ganz am Ende sieht man ein kleines Stückchen himmelblaue See, die sich unendlich auszudehnen scheint.

Alle zum Tode Verurteilten mussten durch den Tunnel von Terezín marschierten. Das grausame war, sie hatten Zeit zum Nachdenken. Der Tod ließ auf sich warten, es dauert zwanzig Minuten bis man am Endes des Korridors angelangt ist, eine Menge Zeit zum Grübeln. Woran denkt man, kurz bevor man hingerichtet wird, von Menschen nicht von Monstern, in deren Augen man nur Ungeziefer ist? Welche Gedanken gehen einem da durch den Kopf?

Auch eine sadistische Architektur hat Einfluss auf diese Gedanken.

Der Tunnel ist eng, hat weiße Wände und niedrige, runde Decken. Es ist dämmerig, fast dunkel. Die Akustik ist hohl und nackt. Man kann sich kaum bewegen, nicht die Arme ausstrecken oder den Kopf heben. Ein Gefühl der Ausweglosigkeit, die einen zur Verzweiflung treibt. Irgendwann kommt eine Biegung, man denkt, endlich das Ende des Korridors erreicht zu haben, da wird der Gang auf einmal breiter. Licht dringt ein, ein Funken Hoffnung. Für einen

Moment kann man durchatmen, doch schon zieht sich der Tunnel wieder zusammen und es wird wieder dunkler.

Dieses makabere Schema wiederholt sich immer wieder. Es erinnert an die Architektur einer Geisterbahn oder dem Spannungsbogen eines Horrorfilms. Der Tunnel ist so konstruiert, dass sich Verengung und Ausdehnung immer wieder abwechseln, Atmen und Ersticken, dunkel und hell, Hoffnung und Ausweglosigkeit. Das beklemmende und drückende Gefühl wird immer stärker je weiter man vorstößt. Obwohl ich versuche, so distanziert wie möglich zu sein, habe ich das Gefühl, dass die Mauern von Terzín vom Schweiß des Terrors durchtränkt sind. Ich kann es fast hören. Es dröhnt in meinen Ohren. Die Schreie hallen noch nach.

Als wir endlich am anderen Ende des Tunnels angelangt sind, kommt mir ein merkwürdiger Gedanke. Da das Doksany Kloster nicht so weit entfernt liegt, ist es doch nicht ganz unwahrscheinlich, dass auch hier Menschen umgebracht wurden. Wenn das wahr ist, und Jack the Ripper das 20. Jahrhundert eingeleitet hat, wie der Film behauptet, werden die Geister, die er hinterlassen hat, sicher noch auf den Filmbildern herumspuken.

HOME-VIDEO VIEWS: GODZILLA

The billboards are true: "Size does matter". Why do you think they call me Dr. Snakeskin? One highlight of my year is watching the Godzilla marathon on televison July 4th weekend. I plop my ass down in front of the t.v. set with a six pack of Corona, and I'm ready.Everybody shows up – Mecha Godzilla, Space Godzilla, Godzilla Jr., Mothra, Rodan, Gamera the monster turtle, the smokestack-sucking Smog Monster and King Kong doin' the Ali shuffle! Godzilla is m'dawg! Big, green, scaly muthafucka with that funky, glow-in-the-dark breath! The fun in watching a Godzilla movie is seeing a guy in a rubber lizard suit stomp on a cardboard replica of Tokyo. It's the sci-fi genre's equivalent to championship wrestling. So who needs a new, state-of-the-art Godzilla?

Apparently, nobody! Y'all didn't show up!

Did the folks at Sony actually believe the entire country was sitting around thinking: "You know what we need? A digital Godzilla! We have the technology!" I guess so because it's on video. It's as big and green and stupid as Rubber Godzilla. The opening sequence is an impressionistic homage to the 1954 original – a stark and gloomy, documentary-like invocation of the pure horror of nuclear war. Blame for Godzilla's present incarnation is layed at the smelly feet of the French. Nuclear testing has turned a humble iguana, sun-bathing on a rock, into a three-hundred foot mutant. His first

HOME VIDEO VIEWS: GODZILLA

Was auf den Filmplakaten steht ist wahr: „Größe macht doch was aus." Warum nennt man mich wohl Dr. Snakeskin? Ein Highlight des Jahres ist der Godzilla-TV-Marathon am 4ten Juli Wochenende. Ich pflanze meinen Arsch vor den Fernseher, neben mir ein Six-Pack Corona, und bin bereit. Keiner fehlt – Mecha Godzilla, Space Godzilla, Godzilla Jr., Mothra, Rodan, Gamera, die Monster Schildkröte, Smog Monster, der Schornsteinsauger, und King Kong mit seinem Ali Shuffle! Godzilla ist mein Kumpel! Großer, grüner, schuppiger Muthafucka mit funky Flammen-Atem, leuchtet im Dunkeln. Der Spaß an einem Godzilla-Film ist – du siehst die ganze Zeit einem Typen zu, wie er im Eidechsen-Kostüm aus Gummi über die Pappmaché-Wolkenkratzer von Tokio trampelt. Es sind die Wrestling-Meisterschaften des Sci-Fi-Genre. Wer braucht also einen neuen High-Tech-Godzilla?

Offensichtlich keiner! Ihr seid ja alle nicht hingegangen!

Haben die Leute bei Sony wirklich geglaubt, dass ganz Amerika da sitzt und denkt: „Wißt ihr was wir unbedingt brauchen? Einen digitalen Godzilla! Die Technologie haben wir ja!"

So muss es gewesen sein, denn jetzt ist er auf Video. Und er ist genauso groß und grün und blöd wie der Gummi-Godzilla.

Die Eröffnung-Sequenz ist eine impressionistische Hommage an das Original von 1954 – eine nackte, düstere

attack is a Japanese sea vessel; again, a scene which pays tribute to the series with its reference to Sumo wrestling. Then Godzilla heads to Jamaica, catches a few rays, listens to some reggae and blows a few spliffs. So he's chillin' by the time he shows up at the Fulton Street Fish Market – givin' a stomp down to Wall Street, Grand Central Station and the Flat Iron Building. His Jamaican vacation explains why he didn't go uptown and stomp on the Apollo. He knew better.

Jean Reno (who was one truly badd muthafucka in Luc Besson's "The Professional"), as French Secret Service agent Philippe Roche, provides the movie with its biggest laughs, consisting of a series of jokes concerning European attitudes towards American culture. I don't say French because, if you haven't figured it out yet, the rest of the world thinks we're stupid. And you know something? *They're right.*

dokumentarfilmartige Beschwörung atomarer Kriegsschrecken. Die Schuld an Godzillas erneuter Fleischwerdung wurde diesmal den Franzosen in die stinkigen Schuhe geschoben. Atomversuche haben einen Leguan, der zufrieden auf einem Felsen in der Sonne sitzt, in einen neunzig-Meter-Mutanten verwandelt. Als erstes attackiert er ein japanisches Schiff, wieder eine Szene, die den alten Filmen Tribut zollt und auf Sumo-Ringen anspielt. Dann nimmt er Kurs auf Jamaika, lässt sich von der Sonne bestrahlen, hört ein bisschen Reggae und zieht ein paar Spliffs durch. Godzilla ist also ziemlich ausgechillt als er am Fischmarkt Fulton Street aufkreuzt – er stapft rüber zur Wall Street, Grand Central Station und zum Bügeleisen Gebäude.

Sein Urlaub auf Jamaika erklärt auch, warum er nicht nach Up-Town gestiefelt ist und das Apollo platt getrampelt hat. So dumm ist er doch nicht.

Jean Reno (der badd muthafucka aus Luc Besson's „Der Profi"), spielt den französischen Geheimagenten Philippe Roche. Wenn er aus seiner europäischen Sicht Witze über die amerikanische Kultur macht, bringt das die meisten Lacher. Ich sage nicht aus französischer Sicht, denn, auch wenn ihr bis jetzt noch nicht draufgekommen seit, der Rest der Welt hält uns für blöd. Und wisst ihr was? *Der Rest der Welt hat recht.*

ERLÄUTERUNGEN

zu einigen in den Texten verwendeten Wörtern

ALI SHUFFLE Mohammed Ali schien durch den Ring zu schweben. Seine Reaktion war so schnell, die Hüfte so beweglich, dass er die Arme kaum zur Verteidigung brauchte. Er war der Mann, der mit den Gegnern tanzte.

BAD, BADD Exzellent, gut, stylish und cool

BUCK AND WING oder buckdancing, Tanzstil, der wahrscheinlich von den amerikanischen Indianern beeinflußt ist.

CAP'N CRUNCH Frühstücksflocken, Getreideflocken

COOCHIE weibliches Geschlechtsteil

COON Waschbär; Nigger

CRACKA (abwertend) Weißer

CREAM OF WHEAT dicker Brei aus Weizenmehl, der heiß gegessen wird (zum Frühstück)

CRESCENT CITY New Orleans

GRAND GUIGNOL Theater der Grausamkeiten

H. RAP BROWN Jamil Abdullah Al-Amin, Mitglied des „Student Nonviolent Coordinating Committee" und der „Black Panther Party, später Imam.

HONKY (abwertend) Weißer

HOODOO Art des Voodoo im Süden der USA

JASPER Lesben, die zu Beginn des 19 Jhd. als Prostituierte arbeiteten

KIRILIAN Hochfrequenzfotografie, die der ukrainische Forscher Semjon Kirilian entwickelt hat (Aura)

PICKANINNY schwarzes Kind, wahrscheinlich von portugiesisch klein = pequeno

PLAYER Gigolo

TOWNIE Bewohner einer Universitätsstadt

WALDO Figur in den Suchbilderbüchern von Martin Handford: „Where's Waldo"

VERBRECHER
VERLAG

KREUZBERGBUCH

(Hrsg.: Verena Sarah Diehl, Jörg Sundermeier, Werner Labisch)
Taschenbuch
160 Seiten
12,30 €, 24 SFr
ISBN: 3-935843-06-2

In den 80ern war Kreuzberg ein Mythos. Berlinerinnen und Nichtberliner, West- und Ostdeutsche, Migranten und Rucksacktouristen schwärmten von diesem Bezirk oder machten einen weiten Bogen drum herum, lebten hier oder wollten hier leben. Kurz: sie träumten von Kreuzberg. Ein Rückblick ohne Verklärung und Wehmut, gut gelaunt.
Texte und Bilder von: Doris Akrap, Jim Avignon, Annette Berr, Françoise Cactus, Tatjana Doll, Sonja Fahrenhorst, Oliver Grajewski, Darius James, Meike Jansen, Jürgen Kiontke, Almut Klotz, Dietrich Kuhlbrodt, Leonhard Lorek, Max Müller, Wolfgang Müller, Thorsten Platz, Christiane Rösinger, Sarah Schmidt, Stefan Wirner, Deniz Yücel.

MITTEBUCH

(Hrsg.: Verena Sarah Diehl, Jörg Sundermeier, Werner Labisch)
Taschenbuch
160 Seiten
12,30 €, 24 SFr
ISBN: 3-935843-10-0
(Erscheint Anfang 2003)

Berlin-Mitte ist der Bezirk, der zugleich symbolhaft für das steht, was die Konservativen wie die Sozialdemokraten für sich reklamieren: die Mitte. Doch was ist das? Im Mittebuch finden sich Reportagen, Geschichten und Bilder, die belegen, dass die Mitte alles andere ist, als das, was sich Politik und Wirtschaft erhofft haben. Mit Beträgen von: Lilian Mousli, Tanja Dückers, Ambros Waibel, Rattelschneck, Tobias Rapp, Heike Blümner, Almut Klotz u.v.a.

VERBRECHER
VERLAG

Max Müller
MUSIKCAFÉ WOLFSBURG

Geschichten und Zeichnungen
Taschenbuch
110 Seiten
12,30 €, 24 SFr
ISBN 3-9804471-7-0

„Müllers Texte sind weit entfernt von der billigen Faszination des Morbiden, mit den Stilmitteln der Groteske und des Splatterfilms wird eine zutiefst moralische Botschaft vermittelt."

Christiane Rösinger / FAZ

Wolfgang Müller
DIE ELFE IM SCHLAFSACK

Geschichten und Zeichnungen
Taschenbuch
108 Seiten
12,30 €, 24 SFr
ISBN 3-935843-04-6

Der Elfenexperte Wolfgang Müller arbeitet mit Gestalten der isländischen Mythologie und entführt sie in die heutige Zeit.
So ist von einem Handelskrieg unter Zwergen zu lesen, vom Odinshühnchen, das die Geschlechterrollen in Frage stellt, und von einem männlichen Wasserfallnymph, der sein Coming Out in warmen Quellen erlebt. Komplettiert wird das Buch durch eine Zitatensammlung, in der sich prominente Isländerinnen und Isländer zu Elfen und Zwergen äußern.

Verbrecher Verlag Rosenthaler Strasse 39 10178 Berlin
www.verbrecherei.de info@verbrecherei.de

VERBRECHER
VERLAG

Barbara Kirchner/
Dietmar Dath

SCHWESTER MITTERNACHT

Roman
350 Seiten
16 €, 30 SFr
ISBN: 3-935843-14-3

Dietmar Dath und Barbara Kirchner, beide profilierte Wissenschafts- und Science-Fiction-Autoren, haben diesen Roman gemeinsam verfasst. Es dreht sich um Himmel und Hölle, um den Krieg zwischen Terroristen und Regierungen, um Sex, Sex, Sex und um die Droge „Schwester Mitternacht", die auch die Hirne der WissenschaftlerInnen benebelt. Eine packende Story und zugleich eine Gesellschaftssatire.

Barbara Kirchner

DIE VERBESSERTE FRAU

Taschenbuch
240 Seiten
14,30 €, 28 SFr
ISBN 3-935843-01-01

„Die verbesserte Frau" wurde zu einem der zehn besten deutschsprachigen Science-Fiction-Bücher des Jahres 2001 gewählt.

„Bettina, gescheiterte Studentin, verknallt sich über Umwege in die mysteriöse Neurowissenschaftlerin Ursula. Das ist der einfache Teil an Barbara Kirchners Thriller. Kirchner läßt hier ihre wissenschaftliche Erfahrung einfließen, die sie als promovierte theoretische Chemikerin gesammelt hat. Fazit: In einem Satz durchlesen und sich über die Schlechtigkeiten der Welt wundern!" Sabine König / Lespress

VERBRECHER
VERLAG

Gisela Elsner
DIE ZÄHMUNG

Mit einem Nachwort von
Tjark Kunstreich
Taschenbuch
280 Seiten
15 €, 30 SFr
ISBN 3-935843-09-7

Die Zähmung des Schriftstellers Alfred Giggenbacher durch seine Ehefrau, die endlich den Durchbruch schaffen wollende Filmemacherin Bettina Begemann, galt 1984, als diese Chronik einer Ehe in Westdeutschland erschien, als Satire des Geschlechterrollentauschs. Achtzehn Jahre später ist von der „galligen Komik", der „satirischen Präzision", die der Verlag seinerzeit auf dem Cover versprach, nichts, aber auch gar nichts mehr übrig. Vielmehr erinnert Gisela Elsner in der Radikalität ihrer Ablehnung der Errungenschaften von 1968 an Michel Houellebeques Beschreibungen des postmodernen Beziehungselends.

Dietrich Kuhlbrodt
DAS KUHLBRODTBUCH

Taschenbuch
252 Seiten
14 €, 26 SFr
ISBN 3-935843-13-5

Die Erinnerungen des Schauspielers, Filmkritikers und Oberstaatsanwaltes, der Nazis verurteilen ließ, mit Schlingensief, Lars von Trier und anderen den Film revolutioniert, für linksradikale Magazine schreibt, und sich nicht einordnen läßt. Zugleich ein Buch über das Erinnern an sich.

Joachim Rohloff

WENN MAN DICH NICHT FRAGT, SAG NEIN.

Taschenbuch
112 Seiten
12,30 €, 24 SFr
ISBN: 3-935843-08-9

Schon am Abend der terroristischen Verbrechen in New York und Washington stellte sich heraus, dass wir doch nicht alle Amerikaner sind. Viele Deutsche suchen und finden die wahren Schuldigen im Weißen Haus und in Israel. Die Friedensbewegung beweist noch einmal ihre intellektuelle Hilflosigkeit, und in der radikalen Linken kehrt der Antiimperialismus wieder. Joachim Rohloff prüft die Argumente gegen den Krieg der USA und kommt zum Ergebnis, dass die entscheidenden Fragen nie gestellt wurden.

Zeev Sternhell

FASCHISTISCHE IDEOLOGIE

Eine Einführung
Taschenbuch
144 Seiten
12,30 €, 24 SFr
ISBN-Nr. 393584302X

„Es gibt in unserem politischen Vokabular nur wenige Begriffe, die sich einer solch umfassenden Beliebtheit wie das Wort Faschismus erfreuen, ebenso aber gibt es nicht viele Konzepte im politischen Vokabular der Gegenwart, die gleichzeitig derart verschwommen und unpräzise umrissen sind." Mit diesem Satz leitete der bedeutende israelische Historiker Zeev Sternhell 1976 seinen Aufsatz „Faschistische Ideologie" ein. Dieser Satz gilt bis heute. Sternhell nimmt in der Einführung – die nun erstmals auf deutsch vorliegt – eine genaue Bestimmung des Begriffes Faschismus aus seiner historischen und ideologischen Entwicklung heraus vor.